聯副文叢 9

第16屆聯合報文學獎中篇小說評審獎作品

未來世界

王小波／著

自序

有些讀者會把「未來世界」當作一部科幻小說，我對此有一些不同意見。寫未來的小說裡，當然有很多屬於科幻一類，比如說威爾斯（Wells, H. G.）的很多長篇小說，但若把喬治·奧威爾（Orwell, G.）的「一九八四」也列入科幻，我就不能同意。這是因爲科學技術的發展在「一九八四」中並不是主題。我們把寫過去的小說都叫作歷史小說，但卡爾維諾（Calvino. I）的小說「我們的祖先」裡，也毫無眞實歷史的影子。有一些小說家喜歡讓故事發生在過去或者未來，但這些故事既非對未來的展望，也非對歷史的回顧，比之展望和回顧，他們更加關注故事本身。有了這點區別，我們就可以把奧威爾和卡爾維諾的作品從科幻和歷史小說中區別出來，這些作品可以簡單地稱之爲小說。我想，這個名稱就夠了。

我喜歡奧威爾和卡爾維諾，這可能因爲，我在寫作時，也討厭受眞實邏輯的控制，更討厭現實生活中索然無味的一面。假如說，知識分子的責任就是批判現實的話，小說家憎惡現實的生活的某一方面就不成立爲罪名。不幸的是，大家總不把小說家看成知識分子。起碼，和禿頂的大學教授相比，大家總覺得他們不像些知識分子。但我總以爲，這樣的想法是不對的。

敏銳的讀者可能會說，我寫這些，無非是要說明，我寫的是小說、我是知識分子。我的用意就是如此。有一種文藝理論以爲，作品應該「源於生活，高於生活」，但我以爲，起碼現實生活中的大多數場景是不配被寫進小說裡的。所以，有時想像比摹寫生活更可取。至於說到知識分子，我以爲他們應該有些智慧，所以，在某些方面見解與常人是不同的。我是這樣想的。至於「未來世界」能不能使讀者體會到這些想法，就不是我所能知道的了。

一九九五年四月二十七日於北京

〈小評「未來世界」〉

冷峻裡頭，總要有幾分不經心的暖和氣！

平路

以後設的手法寫來，這是一篇討論到眞實的虛構、史料與文學、傳記與小說、過去與未來……的中篇作品。

作者的企圖很明顯，理念相當淸楚，見至影射極權社會現實的地方也呼之欲出：譬如上篇「我的舅舅」那一半小說，文中有關於女主角F與小姚阿姨的描述，看起來兩位女性對舅舅都洶湧著強烈的情慾，但與其說那代表異性身體之間的吸引力，不如說，更像是人對別人從意欲控制到施展權力的不同面相；至於舅舅的一個軀體，只是權力試圖爭相穿透的場域。相對地，F與小姚阿姨一個人殘酷、陰冷；一個人溫柔熱情，然而抽象地看，不論就肇致對方徹底性無能的結果而言，或者就把對方手到擒來的願望而言，骨子裡頭——她們眞的是那麼不同的兩個人嗎？

尤其可貴地，「我的舅舅」在許多段落之間，不僅警語連連，對情境的刻畫，更不乏一些神來之筆。譬如形容F在嗑瓜子、吃開心果，邊看舅舅稿子的一段，包括後來稿子一斜，把瓜子皮倒在地上的一幕，作者淡淡寫來，讀者都逕自要去觸目驚心。而以這樣一位曾是數理天才、如今毫無作爲、心臟還有沈重負擔的舅舅作男主角，在冷靜的筆鋒下，看似木然（心都爛掉，人也快死了！），其實裡面有作者的感情，才會帶著說不出的溫柔敦厚。

挑毛病的話，下篇「我自己」比起上篇「我的舅舅」要遜色。上篇筆法裡那幾分看似不經心的暖和氣，消失盡了，下篇常常一派的苦澀冷峻。至於爲未來世界造像，又不若許多科幻小說裡隨時顯出揮灑自如的想像力。此地寫世界像個大型「公司」，雖然有板有眼，以小說而言，畢竟讀來頗爲無趣。

成功的是，那份黑色的、虛無的感覺倒一以貫之地始終籠罩全篇！

〈得獎感言〉

與人交流

再次得到聯合報中篇小說獎，感慨萬千。首要的一條就是：短短兩三年的時間裡，自己就已告別了青年，步入中年。另外一條就是：文學是一種永恆的事業。對於這樣一種事業來說，個人總是渺小的。因爲這些原因，這獎眞是太好了。我覺得，這獎不是獎給已經形成的文字，而是獎給對小說這門藝術的理解。獎項的價值不止在於獎座和獎金，更在於對作品的共鳴。從這個意義上說，這獎也眞是太好了。

人在寫作時，總是孤身一人。作品實際上是個人的獨白，是一些發出的信。我覺得自己太缺少與人交流的機會——我相信，這是寫嚴肅文學的人共同的體會。但是這個世界上除了有自己，還有別人；除了身邊的人，還有整個人類。寫作的意義，就在於與人交流。因爲這個緣故，我一直在寫。

「未來世界」這篇小說，寫了一個虛擬的時空，其中卻是一個眞實的世界。我覺得它不屬於科幻小說，而是含有很多黑色幽默的成分。至於黑色幽默，我認爲無須刻意爲之，看到什麼、感覺到什麼，把它寫下來，就是黑色幽默。這件事當然非常的有意思。

目次

上篇：我的舅舅

第一章

1

我舅舅上個世紀（二十世紀）末生活在世界上。有件事我們大家都知道：在中國，歷史以三十年爲極限，我們不可能知道三十年以前的事。我舅舅比我大了三十多歲，所以他的事我就不大知道——更正確的說法是不該知道。他留下了一大堆的筆記、相片，除此之外，我還記得他的樣子。他是個膚色黝黑的大個子，年輕時頭髮很多，老了就禿了。他們那個時候的事情，我們知道的只是：當時燒煤，燒得整個天空烏煙瘴氣，而且大多數人騎車上班。自行車這種體育器械，在當年是一種代步工具，樣子和今天的也大不相同，在兩個輪子之間有一個三角形的鋼管架子，還有一根管子豎在此架子之上。流傳到現在的車裡有一小部分該管子上面有個車座，另一部分上面什麼都沒有；此種情形使考古學家大惑不解，有人說後一些車子的座子遺失了，還有人提出了更深刻的解釋——當時的人裡有一部分是受信任的，可以享受比較好的生活，有座的車就屬於他們。另一部分人不受信任，所以必須一刻不停地折磨自己，才能得到活下去的權利，故而這種不帶座子的自行車就是他對肛門、會陰部實施自殘自虐的工具。根據我的童年印象，這後一種說法頗爲牽強。我還記得人們是怎麼騎自行車的。但是我不想和權威爭辯——上級現在還信任我，我也不想自討沒趣。

我舅舅是個作家，但是在他生前一部作品也沒發表過，這是他不受信任的鐵證。因爲這個緣故，他的作品現在得以出版，並且堆積在書店裡無人問津。衆所周知，現在和那時大不一樣了，我們的社會發生了重大轉折，走向了光明。——不管怎麼說吧，作爲外甥，我該爲此大爲歡喜，但是書商恐怕會有另一種結論。我舅舅才情如何，自然該由古典文學的研究者來評判，我知道的只是：現在紙張書籍根本不受歡迎，受歡迎的是電子書籍，還該有多媒體插圖。所以書商眞的要讓我舅舅重見天日的話，就該多投點資，把我舅舅的書編得像點樣子。現在他們又找到我，讓我給他老人家寫一本傳記，其中必須包括他騎那種沒有座的自行車，並且要考據出他得了痔瘡，甚至前列腺癌。但是根據我掌握的材料，我舅舅患有各種疾病，包括關節炎、心臟病，但上述器官沒有一種長在肛門附近，是那種殘酷的車輛導致的。他死於一次電梯事故，一下子就被壓扁了，這是個讓人羡慕的死法，明顯地好於死於前列腺癌。這就使我很爲難了。我本人是學歷史的，歷史是文科；所以我知道文科的導向原則——

這就是說，一切形成文字的東西，都應當導向一個對我們有利的結論。我舅舅已經死了，讓他死於痔瘡、前列腺癌，對我們有利，就讓他這樣死，本無不可。但是這樣一來，我就不知死在電梯裡的那個老頭子是誰了。他死時我已經二十歲，記得事。當時他坐電梯要到十四樓，卻到了地下室，而且變得肢體殘缺。有人說，那電梯是廢品，每天都壞，還說管房子的收了包工頭的回扣。這樣說不夠「導向」——這樣他就是死於某個人的貪心、而不是死於制度的弊病了。必須另給他個死法。這個問題我能解決，因爲我在中文系修了好幾年的寫作課，專門研究如何臭編的問題。

有關歷史的導向原則，還有必要補充幾句，它是由兩個自相矛盾的要求組成的。其一是：一切史學的研究、討論，都要導出現在比過去好的結論；其二是：一切上述討論，都要導出現在比過去壞。第一個原則適用於文化、制度、物質生活，第二個適用於人。這麼說還是不明白。無數的史學同仁就因爲弄不明白栽了跟頭。我有個最簡明的說法，那就是說到生活，就是今天比過去好；說到老百姓，那就是現在比過去壞。這樣導出的結論總是對我們有利的；但我不明白「我們」是誰。

我舅舅的事情是這樣的：他生於一九五二年，長大了遇上了文化革命，到農村去插隊，在那裡得了心臟病。從「導向」的角度來看，這些事情太過久遠，故而不重要。重要的是他後來懷才不遇，作品發表不了。那時候他有四十幾歲，獨自住在北京城裡。我記得他有一點錢，是跑東歐作買賣掙的，所以他就不出來工作。春天裡，每天下午他都去逛公園，這時候他穿了一件黃色燈芯絨的上衣，白色燈芯絨的褲子，頭上留著長長的頭髮。我不知道他常去哪個公園，根據他日記的記載，彷彿是西山八大處，或者是香山一類的地方，因爲他說，那是個長了一些白皮松，而且草木葱蘢的地方。我舅舅的褲子膝蓋上老是鼓著大包，這是因爲他不提褲子。而這件事的原因又是他患過心臟病，假如束緊褲帶就會喘不過氣來。因爲這個緣故，他看上去很邋遢。假如別人知道他是個大作家，也就不會大驚小怪，問題就在於別人並不知道。他就這樣走在山上的林蔭道上，並且從口袋裡掏出一支香煙來，叼在嘴上。這時候路上沒有人，只有一位穿藍色大褂的男人在掃地。後者的視線好像盯在地上，其實不是的。衆所周知，那個公園的門口立著一塊牌子，上書：山上一級防火區，禁止抽菸，違者罰款X元。這個X是一變數，隨時間增長。我的一位卓越的同事考證過，它是按幾何級數增長。這種增長除了體現了上世紀對防火的重視，還給受罰者留下了討價還價的餘地。那位穿藍工作服的朋友看到我舅舅掏煙就心中竊喜，因爲我舅舅不像會討價還價的人，而且他交了罰款也不像會要收據。我舅舅叼著煙，又掏出一個打火機。這使掃地工的情緒激動到了極點。但是他打了一下，沒有打出火，就把打火機放回口袋，把香煙放回煙盒，往山下走去，而那位掃地工則跟在他身後。後者想道，他的打火機可能出故障了，就想上前去借給他一盒火柴，讓他點著香煙，然後把他捉住，罰他的錢；但是這樣做稍嫌冒昧。我舅舅在下山的路上又掏了好幾次煙，但是都沒打著火。最後他就走出公園，坐上公共汽車，回家去了。那位工友在公園門口頓了頓條帚，罵他是神經病，他也沒有聽到。據我所知，我舅舅沒有神經病。他很想在山上抽煙，但是他的打火機裡既無火石，也沒有丙烷氣。他有很多打火機，都是這樣的。這都是因爲他有心臟病，不敢抽煙，所以把煙叼在嘴上，虛打一下火，就算是抽過了。這樣做有一個好處，又有一個壞處。好處是他可以在一切禁止吸煙的場所吸煙，壞處是吸完以後的煙基本保持了原狀，所以就很難說他消費了什麼。他每個星期天必定要買一盒香煙，而且肯定是萬寶路，每次買新煙之前，舊煙就給我了。我當時正上初一，雖然吸煙，但是沒有煙癮；所以就把它賣掉。因爲他對我有這種好處，所以到現在我還記得他。美中不足的是，這個老傢伙喜歡用牙來咬過濾嘴，我得用單面刀片把牙咬過的地方切掉，這種短香煙賣不出什麼好價錢。他已經死了多年，這種香煙的來源也斷絕了很多年。但是我現在很有錢，不需要這種香煙了。

2

以上事實又可以重述如下，我有一位舅舅，穿著如前所述，一九九九年某日，他來到西山上的一座公園裡。當時天色將晚，公園裡光線幽暗，遊人稀少。他走到山路上，左面是山林，故而相當黑；右面是山谷，故而比較明亮。我舅舅就在右面走著，用手逐根去攀細長的燈欄——那種燈欄是鐵管做的。後來他拿出了香煙，叼在嘴上，又拿出了打火機，空打了兩下；然後往四下看了看，轉身往山下走。有一個穿黑皮夾克的人在他身後用長把條帚掃地，我舅舅經過他身邊時，打量了他一下，那人轉過臉去，不讓他看到。但是我舅舅嗅到了一股麝香味，這種氣味在上個世紀是香水必有的氣味。我舅舅覺得他不像個掃地的人，天又晚了，所以我舅舅加快了腳步。但是他聽到身後有腳步聲，這當然是那位身穿夾克的掃地工跟上來了。在這種情況下，走快了沒有用處，所以他又放慢了腳步，也不回頭。走到公園門口時，忽然聽到一個渾厚的女中音在身後叫道：站住！我舅舅就站住了。那個穿黑皮夾克的人從暗處走了出來，現在可以看出她是個女人，並且腳步輕快、年齡不大。她從我舅舅身邊走過去，同時說道：你跟我來一下。這時候我舅舅看了一眼公園的大門，因為天黑得很快，門口已是燈火闌珊。他很快就打消了逃跑的主意，跟著那個女人走了。

剛才的一段就是我給我舅舅寫的傳記，摘自第一章第一節。總的來說，它還是中規中式，看不出我要為它犯錯誤，雖然有些評論家說，從開頭它就帶有錯誤的情調和傾向。憑良心說，我的確想寫個中規中式的東西，所以就沒把評論家的話放在心上。眾所周知，評論家必須在雞蛋裡挑出骨頭，否則一旦出了壞作品，就會罰他們款，評論家還說，我的作品裡「眾所周知」太多，有挑撥、煽動之嫌。眾所周知是我的口頭禪，改不掉的。除此之外，這四個字還能帶來兩分錢的稿費，所以我也不想改。

我舅舅有心臟病，動過心臟手術，第一次手術時，他還年輕，所以恢復得很好。後來他的心臟又出了問題，所以醞釀要動第二次手術。但是還沒等去醫院，他就被電梯砸扁了。這只是一種說法。另一種說法是：因爲醫院不負責任，第一次心臟手術全動在胃上了。因爲這個緣故，手術後他的心臟還是那麼壞，還多了一種胃病。不管根據哪種說法，他都只動了一次手術，胸前只有一個刀疤。除了這個刀疤之外，他的身體可稱完美，肌肉發達，身材高大，簡直可以去競選健美先生。每個星期天，他都要到我們家來吃飯。我的物理老師也常來吃飯，她就住在我們家前面的那棟樓，在家裡我叫她小姚阿姨。這位小姚阿姨當時三十歲剛出頭，離了婚，人長得非常漂亮，每次她在我家裡上過廁所後，我都要搶進去，坐在帶有她體溫的馬桶上，心花怒放。不知爲什麼，她竟看上了我舅舅這個癆病鬼——可能看上了他那身塊兒吧。我舅舅心臟好時，可以把一副新撲克牌一撕兩半，比刀切的都齊，但那時連個屁都撕不開。除此之外，他的嘴唇是烏紫的，這說明他全身流的都是有氣無力的靜脈血。在飯桌上他總是一聲不吭，早早地吃完了，說一聲：大家慢慢吃，把碗拿到廚房裡，就走了。小姚阿姨舉著筷子說道：你弟弟很有意思；這話是對我媽說的。我馬上加上一句：他有心臟病。我媽媽說：他準備過段時間去做手術。小姚阿姨說：他一點不像有病的人。要是有機會，想和他聊聊。我媽說，他倒是很有意思的一個人，只是有點靦腆。我說：他沒工作，是個無業游民。小姚阿姨說：小鬼，亂插嘴，你該不是嫉妒吧。我媽就笑起來。我就離開了飯桌。後來聽見她們嘀咕，我媽說：我弟弟現在恐怕不行。小姚阿姨說：我對那事也不太感興趣。我媽就說：這件事你要多考慮。我就衝過去說：對！要多多考慮，最好別理他。小姚阿姨就說：這小子！眞的愛上我了！我說：可不是嗎。我媽就說：滾蛋！別在這裡耍貧嘴。我走開了。這是依據前一種說法，也就是我所見到，或者我舅舅日記裡有記載的說法。但是這種說法常常是靠不住的，故而要有另外的說法。

另一種說法是這樣的，小姚阿姨就是那個穿黑皮茄克的女人，但是在這種說法裡，她就不叫小姚阿姨了。她在公園裡叫住了我舅舅，把他帶到派出所去。這地方是個灰磚的平頂房子，外形有點像廁所，所以白天遊人多時，常有人提著褲子往裡闖。但是那一次沒有遊人，只有一個警察在值班，並且不斷地打呵欠。她和他打過招呼後，就帶著我舅舅到裡面去，走到灰黃色的燈光裡。然後就隔著一個桌子坐下，她問道：你在公園裡幹什麼？我舅舅說：散步。她說：散步為什麼拿打火機？我舅舅說，那火機裡沒火石。沒火石你拿它幹嘛？我舅舅說：我想戒煙。她說：把火機拿給我看看。我舅舅把火機遞給她，那是一個很普通的塑料打火機，完全是透明的，而且是空空蕩蕩的一個殼子。現在好像是沒有問題了。那個女人就放緩了聲調說：你帶證件了嗎？我舅舅把身分證遞了上去。她看完以後說：在那兒上班？我舅舅說：我不上班，在家裡寫作。她說：會員證。我舅舅說：什麼會員證？那女人說：作協的會員證。我舅舅說：我不是作協會員。她笑了：那你是什麼人呢？我舅舅說：你算我是無業人員好了。那女人說：無業？就站起來走出屋去，把門關上了。那個門是鐵板做的，「哐」的一聲，然後唏里嘩拉地上了鎖。我舅舅嘆了口氣，打量這座房子，看能在哪裡忍一夜，因爲他以爲人家要把他關在這裡了。但是這時牆上一個小窗口打開了，更強的光線從那裡射出來。那個女人說道：脫衣服，從窗口遞進來。我舅舅脫掉外衣，把它們塞了過去。她又說：都脫掉，不要找麻煩。我舅舅只好把衣服都脫掉，赤身裸體站在鞋子上。這時候她可以看到一個男人強健的身體，胸腹、上臂，還有腿上都長了黑毛。我舅舅的傢伙很大，但懸垂在兩腿之間。這房子裡很冷，他馬上就起了一身雞皮疙瘩。於是他把雙手交叉在胸前，瞇著眼睛往窗口裡看。後來他等來了這樣一句話：轉過身去。然後是：彎腰。最後是：我要打電話問問有沒有你這麼個人。往哪兒打？平心而論，我認爲這種說法很怪。上下都看到了，有這個人還有什麼問題嗎？

3

根據前一種說法，小姚阿姨用不著把我舅舅帶到派出所，就能知道他身體是什麼模樣，因爲我們一起去游過泳。我舅舅穿一條尼龍游泳褲，但是他從來不下水，只是躺在沙灘上曬太陽。他倒是會水，只是水一淹過了胸口就透不過氣，所以頂多在河裡涮涮腳。小姚阿姨穿一件大紅的尼龍游泳衣，體形極棒。美中不足的是她不刮腋毛，露出腋窩時不好看。我認爲她的乳房很接近完美的球形，腹部也很平坦。不幸的是我那時瘦得像一隻小雞，沒有資格湊到她身邊。而她總愛往我舅舅身邊湊，而且摘下了太陽鏡，仔細欣賞他那個大刀疤。衆所周知，那個疤是一次針麻手術留下的。針麻對有些人有效，但對我舅舅一點用處都沒有。他在手術台上疼得抖了起來，當時用的是電針，針灸大夫就加大電流，最後通的幾乎是高壓電，把皮肉都燒糊了，後來在穴位上留下了和尙頭頂那種香疤，手術室還充滿了燒肉皮的煙。據我媽說，動過了那次手術之後，他就不大愛講話。小姚阿姨說，我舅舅很cool，也就是說，很性感。但是我認爲，他是被電傻了。他最喜歡說的一句話就是：是嗎？這話傻子也會說。那時候小姚阿姨快決定嫁給他了，但我還沒有放棄挑撥離間的打算。等到我和她在一起時，我說：我舅舅毛很多。你看得見的就有這麼多，沒看見的更多。他不是一個人，完全是張毯子。小姚阿姨說：男子漢大丈夫，該有些毛。這話傷害了我的自尊心，我當時沒有什麼毛，還爲此而自豪，誰想她對這一點評價這麼低。我就嘆口氣說：好吧，你愛和毯子睡，那是你的問題。她聽了擰了我一把，說：小鬼頭！什麼睡呀睡，眞是難聽。這件事發生在上世紀末，用現在的話來說，叫作萬惡的舊世紀。不管在什麼世紀，都會有像小姚阿姨那樣體態婀娜、面目姣好的女人，性情衝動地嫁給男人。這是人間最美好的事。不幸的是，她要嫁的是我舅舅這個糟蛋鬼。

談到世紀，就會聯想到歷史，也就是我從事的專業。歷史中有一小部分是我經歷過的，也就是三十年吧，占全部文字歷史的百分之一弱。這百分之一的文字歷史，我知道它完全是編出來的，假如還有少許眞實的成分，那也是出於不得已。至於那餘下的百分之九十九，我難以判斷其眞實性，據我所知，現在還活著的任何一個人都不能判斷，這就是說，不容樂觀。我現在正給我舅舅寫傳記，而且我是個有執照的歷史學家。對此該得到何種結論，就隨你們的便吧。我已經寫到了我舅舅被穿黑皮夾克的女人帶進了派出所，這個女人我決定叫她F。那個派出所的外貌裡帶有很多眞實的成分，這是因爲我小時候和一群同學到公園裡玩，在山上抽煙被逮住了，又交不出罰款來，就被帶到那裡去了。在那裡我掏出我舅舅給我的短頭香煙，對每一個警察甜蜜地說道：大叔請抽煙。有一個警察吸了一根，並且對我的前途做了一番預言：「這麼點年紀就不學好，長大了一定是壞蛋。」我想這個預言現在是實現了，因爲我已經寫了五本歷史書。假如認爲這個標準太低，那麼現在我正寫第六本呢。那一天我們被扣了八個鐘頭，警察說，要打電話給學校或家長讓他們來領我們，而我們說出來的電話號碼全是假的。一部分打不通，能打通的全是收費廁所——我把海淀區收費廁所的電話全記住了，專供這種時候用。等到放出來時，連末班車都開走了，就叫了一輛出租車回家。刨去出租車費，我們也省了不少錢，因爲我們五個人如果被罰款，一人罰五十，就是二百五，比出租車貴二十五倍，但是這種勤儉很難得到好評。現在言歸正傳，F搜過了我舅舅的衣服，就把它們一件一件從窗口扔了回去，有的落在我舅舅懷裡，有的落在地上。但是這樣扔沒有什麼惡意。她還說：襯衣該洗了。我舅舅把衣服穿上，坐在凳子上繫鞋帶，這時候F推門進來。我舅舅放下鞋帶，坐得筆直。除了燈罩下面，派出所裡黑色很多，F又穿了一件黑夾克。

納博科夫說：卡夫卡的「變形記」是一個純粹黑白兩色的故事。顏色單調是壓抑的象徵。我舅舅和F的故事也有一個純粹黑黃兩色的開始。我們知道，白色象徵著悲慘。黃色象徵什麼，我還搞不大清楚。黑色當然是恐怖的顏色，在什麼地方都是一樣的。我舅舅坐在F面前，不由自主地掏出一支煙來，叼在嘴上，然後又把它收了起來。F說，你可以抽煙；說著從抽屜裡拿出一盒火柴扔給了他。我舅舅拿起火柴盒，在耳邊搖了搖，又放在膝蓋上。F瞪了一下眼睛，說道：「啥？」我舅舅趕緊說：「我有心臟病，不能抽菸。」他又把火柴扔回去，說了謝謝。F伸直了身子，這樣臉就暴露在燈光裡。她畫過妝，用了紫色的唇膏，塗了紫色的眼暈，這樣她的臉就顯得灰暗，甚至有點憔悴。可能在強光下會好看一點。但是一個女人穿上了黑皮夾克，就沒有人會注意她好看不好看。她對我舅舅說：你胸前有塊疤。怎麼弄的？我舅舅說：動過手術。她又問：什麼手術？我舅舅說：心臟。她笑了一下說：你可以多說幾句嘛。我舅舅說，十幾年前——不，二十年前動的心臟手術。針刺麻醉。她說，是嗎？那一定很疼的。我舅舅說，是很疼。談話就這樣進行下去。也許你會說，這已經超出了正常問話的程度，但是我舅舅沒有提出這種疑問。在上個世紀，穿黑皮夾克的人問你什麼，你最好就答什麼，不要找麻煩。後來她問了一些我舅舅最不願意談的問題：在寫什麼，什麼題材，什麼內容等等；我舅舅都一一回答了。後來她說道，想看看你的作品。我舅舅就說：我把手稿送到哪裡？那個女人調皮地一笑，說道：我自己去看。其實她很年輕，調皮起來很好看。但是我舅舅沒有看女人的心情，他在想自己家裡有沒有怕人看見的東西，所以把頭低得很低。Ｆ見他不回答，就提高了嗓音說：怎麼？不歡迎？我舅舅抬起頭來，把他那張毫無表情的臉完全暴露在燈光下。他的臉完全是蒙古人的模樣，橫著比豎著寬。那張臉被冷汗濕透了，看上去像柚子一類的果實。他說自己的地址沒有變，而且今後幾天總在家。

我舅舅的手稿是什麼樣子的，是個很重要的問題。一種說法是用墨水寫在紙上的，每個字都像大寫的Ｆ一樣清楚。開頭他寫簡體字，後來變成了繁體，而且一筆都不省。假如一個字有多種變體，他必然寫最繁的一種，比方說，把一個雷字寫四遍，算一個字，還念雷。後來出他的作品時，植字的老工人要查康熙字典，後來還說：假如不加發勞務費，這活他們就不接。我給他校稿，真想殺了他，假如他沒被電梯砸扁，我一定說到做到。但這只是一種說法。另一種說法是他的手稿是用牛奶、明礬水、澱粉寫在紙上的，但是這些密寫方法太簡單、太常見了。拿火烤烤、拿水泡泡就露底了。我還知道一種密寫方法，就是用王水溶化的金子來寫。但是如此來寫小說實在是罪孽。實際上不管他用了什麼密寫方法，都能被顯出來，唯一保險的辦法是什麼都不寫。我們現在知道，他沒有採用最後一種辦法。所以我也不能橫生枝節，就算他用墨水寫在紙上了吧。

4

現在傳媒上批判「我的舅舅」，調門已經很高了。有人甚至說我借古諷今，這對歷史學家來說，是最可怕的罪名。這還不足以使我害怕，我還有一些門路，有些辦法。但我必須反省一下。這次寫傳記，我恐怕是太投入了。但投入的原因可不是我舅舅——我對他沒什麼感情。眞正的原因是小姚阿姨。小姚阿姨當時正要成爲我舅媽，但我愛她。

夏天我們到河邊去游泳時，我只顧從小姚阿姨的游泳衣縫往裡看——那東西實在嚴實，但也不是無隙可鑽，尤其是她剛從水裡出來時——所以很少到水裡去，以致被晒塌了好幾層皮，像鬼一樣的黑。小姚阿姨卻晒不黑，只會被晒紅。她覺得皮膚有點癢時，就跳到水裡去，然後水淋淋地上來，在太陽底下接著晒。這個過程使人想到了烹調書上的烤肉法，烤得滋滋響或者起了泡，就要拿出來刷層油或者是糖色。她就這麼反覆炮製自己的皮肉，終於在夏天快結束時，使腿的正面帶上了一點黃色。我對這些不感興趣，只想看到她從水裡出來時背帶鬆弛，從泳衣的上端露出兩小塊乳房，如果看到了就鼓掌歡呼。這使她每次上岸都要在肩上提一把。提了以後游泳衣就會鬆弛下來，連乳頭的印子都沒有了，這當然是和我過不去的舉動。她走到我身邊時，總要擰我一把，說道：小壞蛋，早晚我要宰了你。然後就去陪我舅舅。我舅舅總是一聲不吭，有時候她也膩了，就來和我坐一會兒，但是時時保持警惕，不讓我從她兩乳之間往裡看；並且說，你這小壞蛋，怎麼這麼讓人害臊。我說：我舅舅不讓人害臊？她說不。第一，我舅舅很規矩。第二，她愛他。我說：像這麼個活死人，你愛他什麼？不如來愛我。她就說：我看你這小子是想死了。假如姚老師愛上初一的男生，一定是個天大的醜聞。她害怕這樣的事，就拿死來威脅我。其實我也知道這是不可取的事，但還是覺得如此調情很過癮。

我舅舅被F扣在派出所，在那裡坐了很久。值班的警察伸著懶腰跑到這間房子裡來了一趟，斜著眼睛打量了他一眼，說道：這傢伙幹什麼了？他以為我舅舅是個露陰癖，還建議說，找幾個聯防隊員收拾他一頓；放走算了。F說：這一位是個作家。警察聳聳肩說，這就不是我們管的事了。他又說：睏了，想睡會兒。F說，那就睡去吧。警察說：這傢伙塊頭不小，最好把他銬起來。F說：怎麼能這樣對待人家呢。警察就說：那我也不能去睡。出了什麼事，我可負不起責任。F就從抽屜拿出一副手銬來，笑著對我舅舅說：你不反對吧。我舅舅把雙手併著一伸。那位警察拿了銬子，又說：還得把他鞋帶鬆開，褲帶抽掉。我舅舅立刻鬆掉鞋帶，抽掉褲帶，放在地上。於是那位警察給他戴上手銬，揀起皮帶往外走，嘴裡還說：小心無大害。F說道：把門帶上。現在房間裡只剩了他們兩個人了。

現在該說說我自己長大以後的事了。出於對未遂戀情的懷念（小姚阿姨是學物理的），我去考了北大物理系，並且被認為是自北大建校以來最具天才的學生，因為我只上到了大學二年級，就提出了五六個取代相對論的理論體系。當然，讓不讓天才學生及格，向來是有爭論的。等到本科畢業時，我已經不能在物理學界混了，就去考北師大的歷史研究生。眾所周知，時間和空間是理論物理研究構想的對象，故此學物理的人改行搞歷史，也屬正常。我以第一名的成績考上了，或者按師姊師兄們的話來說，掉進了屎（史）坑，後來以一篇名為「始皇帝嬴政是陰陽人」的論文取得了博士學位，同時也得到了歷史學家的執照、一張信用卡、還有一輛新車的鑰匙。除了那張執照，其它東西都是出版公司給的，因為每個有照的歷史學家都是暢銷書作家。這時候小姚阿姨守了寡，每個周末都給我打電話，讓我去，還說：阿姨給你做好吃的。我總是去的，但是不去吃東西（我正在減肥），也不是去緬懷我舅舅，而是給她拿主意。第一個主意是：妳的彈性太差了，去做個隆乳手術吧。第二個主意則是叫她去整容。每個主意都能叫她痛哭一頓，但是對她有好處。最後她終於嫁到了一個有錢的香港商人，現在正和繼女繼子們打遺產官司。不管打贏打輸，她都將是個富婆。這個故事的要點是：學物理只能去當教師，這是世界上最倒霉的差事；當商人的老婆就要好得多。當小說家也要倒霉，因爲人家總懷疑你居心叵測；當歷史學家又要好得多。還有一個行當是未來學家，不用我說你就能想到這也是好行當。至於新聞記者，要看你怎麼當。假如出去採訪，是壞行當。坐在家裡編就是好行當。用後一種方法，最能寫出一片光明的好新聞。

我舅舅和F在派出所裡。夜裡萬籟無聲，我舅舅沒有了褲帶，手又銬在一起，所以衣服鬆塌塌的，像個泄了氣的皮球或者空了一半的布口袋。F往後一仰，把腿蹺到桌子上，把臉隱藏到黑暗裡，說道：別著急。現在公園關了門，放你你也出不去。等明天吧。我舅舅點點頭，用併在一起的手從口袋裡掏出煙來，叼在嘴上，想了一想說：我想抽支煙。F說：抽吧。我舅舅說：沒有火。F用腳尖踢踢桌上的火柴，說：自己拿。我舅舅把煙取下來，放到手裡一握，煙變成了碎末。F見到後，想道：我忘了他沒有褲帶，然後起身拿了火柴走過去，從他口袋裡取出香煙，自己吸著了，放到我舅舅嘴上，說道：你不要急躁嘛。我舅舅應道：是。然後她手裡拿了那盒煙說：我也想抽一支。有沒有你沒咬過的？我舅舅雙手捧著煙，搖了搖頭。這個樣子像隻要把戲的老狗熊。F看了笑了一笑，伸手揪揪他的頭髮，說道：頭髮該理了。然後挑了一支我舅舅咬得最厲害的煙來吸。這種情況說明，她問我舅舅有沒有沒咬過的煙，純粹是沒話找話。

現在我想到，這個女人爲什麼要叫F。F是female之意。同理，我舅舅應該叫作M

（male）。F和M各代表一種性別取向，這樣用恰如其分。F穿了一雙鹿皮的高跟靴子，身上散發著香水味，都是取向所致。我舅舅坐在凳子上像隻耍把戲的老狗熊，這也是取向所致。包圍著他們的是派出所的房子，包圍著派出所的是漫漫長夜。我所寫到的這些，就是歷史。

我說過，我寫的都是歷史，歷史是一種護身符。但是每一種護身符用起來都有限度。我必須注意不要用過了分。小時候我和小姚阿姨調情（現在看來叫做調戲更正確），覺得很過癮；這是因爲和女同學約會、調情都很不過癮。那些人專會說傻話，什麼「上課要認眞聽講」、「互相幫助共同進步」之類，聽了讓人頭大如斗，萬念俱灰。我相信，籠養的母豬見了種豬，如果說道「咱們好好幹，讓飼養員大叔看了高興」，後者也會覺得她太過正經，提不起興致來；除此之外，我們畢竟還是人，不是豬，雖然在這方面還有需要改進的地方。小姚阿姨比她們好得多，游泳時，她折騰累了，就戴上太陽鏡，躺下來曬太陽，把頭枕在我舅舅肚子上。看到這個景象我馬上也要躺倒，把頭枕在她肚子上，斜著眼睛研究她飽滿的胸膛，後來我就得了很嚴重的內斜視，連眼鏡都配不上。我們在地上躺了個大大的Z字。有時有位穿縐巴巴游泳衣的胖老太太經過，就朝我們搖頭。小姚阿姨對此很敏感，馬上欠起身來，摘掉眼鏡說：怎麼了？對方說：不好看。她就說：有什麼不好看的？他們都是男的嘛。這當然是她的觀點，我認爲假如有三位女同性戀者這樣躺著就更加好看——假如她們都像小姚阿姨那麼漂亮的話。

小姚阿姨其實是很正經的，有時候我用指尖在游泳衣下凸起的地方觸上一下，她馬上就說：想要活命的話，就不要亂伸爪子。這種冷冰冰的口氣觸怒了我，我馬上跳到水裡去，潛到河底去。那裡的水死冷死冷，我在那裡伏上半天，還喝上幾大口；然後竄出水來，往她腿上一躺，冰得她慘叫一聲：喂！來制制你外甥！那個「喂」，也就是我舅舅，爬起來，牙縫裡還咬著一支煙，一把撈住我，舉起來往水裡一扔，有時候能丟出去七八米遠。在這個混蛋面前，我毫無還手之力。謝天謝地，他被電梯摔扁了，否則我還會被他摔到水裡去。

我舅舅在派出所裡吸了一口煙，噴出來時眼前是白茫茫的一片。一個長久不吸煙的人乍抽起來總是這樣的。他還覺得胸口有點悶。F在椅子上躺好了，說道：我要睡了。天亮了叫我。就一聲不吭了。我舅舅吸完了那支煙，側過手來看表：當時是夜裡三點。他長出了一口氣，用手把頭抱住，直到第二天早上人家把他放出去。那天夜裡的事就是這樣的。

第二章

1

我現在是歷史學家了，有關這個行當，還有進一步說明的必要。現在我們有了一部歷史法，其中規定了歷史的定義：「歷史就是對已知史料的最簡無矛盾解釋。」我記得這是邏輯實證論者的說法，但是這部法裡沒有說明這一點。一般說來，賊也不願意說明自己家裡每一樣東西是從誰那裡偷來的。從定義上看，似乎只能有一部歷史，所有的歷史學家都該失業了。但是歷史法接著又規定說：「史料就是：1.文獻；2.考古學的發現；3.歷史學家的陳述。」有腦子的都會發現，這個3簡直是美妙無比，你想要過幸福的生活，只要弄張歷史學家的執照就行了。現在還有了一部小說法，其中規定，「小說必須純出於虛構，不得與歷史事實有任何重合之處」，不管你有沒有腦子，馬上就會發現，他們把小命根交到我們手裡了。現在有二十個小說家投考我的研究生，但我每年只能招一個。這種情況說明，假如我舅舅還活著，肯定是個倒霉蛋。說不定他還要投考我的研究生哩。

小姚阿姨至今認為，她嫁給我舅舅是個正確的選擇，她說這是因為我舅舅很性感。我說，他性感在何處？她說，你舅舅很善良，和善良的人做愛很快樂。我問：你們經常做愛嗎？她說：不經常。想了一下又說：簡直很少做。除此之外，什麼是善良她也說不大清楚。這種情況說明她智力有限，嫁給商人或者物理學家尚夠，想嫁給歷史學家就不夠了。

F也覺得我舅舅性感，但是這種性感和善良毫無關係。她有時想到我舅舅發達的胸大肌，緊縮著的腹部，還有那個發亮的大刀疤——那個刀疤像一張緊閉著的嘴——就想再見到他。除此之外，她還想念我舅舅那張毫無表情的臉，無聲地下垂的生殖器，她覺得在這些背後隱含了一種尊嚴。這種想法相當的古怪，但也不是毫無道理。在工作的時間裡，她見過很多張男人的臉，有的諂笑著，有的激憤得脹紅，不論是諂笑，還是激憤，都沒有尊嚴；她還看到過很多男性生殖器，有的被遮在叉開的五指背後；有的則囂張地直立著；但是這兩種情況都沒有尊嚴。相比之下，她很喜歡我舅舅那種不卑不亢的態度。所以她常到山道上去等他，但是我舅舅再也不來了。

後來我舅舅再也沒去過那個公園，因為他覺得提著褲子的感覺不很愉快。但是他一直在等F大駕光臨。他覺得F一定會去找他，這件事就這樣簡單地過去是不可能的，所以他就待在家裡等著。他們就這樣等來等去，把整個春天都等過去了。

夏天快過完時，小姚阿姨決定了和我舅舅結婚。這個決定是在我舅舅一聲不吭的情況下做出的。每天早上她都到我們家裡來等我舅舅，但是我舅舅並不是每天都來。等到早上快要過去時，她覺得不能再等了，就和我一起出去買東西。她穿上高跟鞋比我高一個頭，但我不覺得這有什麼，我還會長高呢。結果事實不出我所料，我現在有一米九十幾，還有點駝背。當時我穿了一雙塑料拖鞋，小背心和運動短褲，跟在小姚阿姨的背後，胳臂和腿都特別髒。她教訓我說：小男孩就是不像樣。女孩子在你這個歲數，早就知道打扮了。我很沈著地說：你們那個性別就是愛虛榮。這種老氣橫秋的腔調把她嚇了一跳。我記得她老往女內衣店裡跑，還讓我在外面等著。等到在快餐店裡歇腳時，她才露出一點疑慮重重的口風：你看你舅舅現在正幹什麼？我說：他大概在睡覺。聽了這話，小姚阿姨白淨的臉就有點發黑，她惡狠狠地說：混帳！這種日子他居然敢睡覺！這是一條重要經驗：挑撥離間一定要掌握好時機。我舅舅當然可能是在睡覺，但是那一天他必然是覺得很不舒服才在家睡覺的。我又順勢說到我舅舅在想當作家前是個數學家，這兩種職業的男人作爲丈夫都極不可靠。小姚阿姨聽了這番話，沈吟了半晌，然後緊緊連衣裙的腰帶，把胸部挺了挺說：沒關係。一定要把他拖下水。小姚阿姨是個知識婦女，這種婦女天生對倒霉蛋感興趣，所以是不能挽救的了。

初夏裡，F來找我舅舅時，穿著白底黑點的襯衣，黑色的背帶裙子，用一條黑綢帶打了一個領結，還拎了一個黑皮的小包，這些黑色使我舅舅能認出她來。我舅舅住在十四樓上，樓道裡很黑。他隔著防盜門，而且一聲不吭。直到F說：我能進來嗎，他才打開了防盜門，讓她格登格登地走了進來——那天她穿了一雙黑色的高跟皮鞋——朝有光亮的地方走去，逕直走進我舅舅的臥室裡，往椅子上一坐，把皮包掛在椅子上，說道：我來看你寫的小說。我舅舅往桌上一瞥，說道：都在這裡。桌子上放滿了稿紙，有些已經發棕色，有些泛了黃色，還有些是白色的。從公園裡回來以後，我舅舅就把所有的手稿都找了出來，放在桌子上，她就拿了一部在手裡。我舅舅住的是那種一間一套的房子，像這樣的房子現在已經沒有了，臥室接著陽台，門敞開著。F拿著稿子往外看了一眼，說道：你這套房子不壞。我舅舅坐在她身後的床上，想說「房子是我弟弟的」（我還有一個舅舅在東歐做生意），但是沒有說。他想：既然上門來調查，這件事她準知道了。後來她說：給我倒杯茶，我舅舅就到廚房裡去。F趁此機會把我舅舅的抽屜搜了一下，連鎖著的抽屜也捅開了。結果搜出了一盒避孕套。等我舅舅端著茶回來時，她笑著舉著那東西說：這怎麼回事？我舅舅愣了一下，想說「這是我弟弟的」（這是實情），但是想到出賣我小舅舅是個卑鄙的行爲，就說：和我抽煙一樣。這話的意思是說我舅舅不抽煙，口袋裡也可以有香煙。但是F不知聯想到了什麼，臉忽然紅了。她把避孕套扔回抽屜，把抽屜鎖上，然後把鑰匙扔給我舅舅說：收好了。然後就接過那杯茶。這回輪到我舅舅滿臉通紅：從哪裡冒出這把鑰匙來？這當然是從她的百寶鑰匙上摘下來的，算是個小小的禮物吧。

我家住在一樓，所以就像別人家一樣，在門前用鐵柵欄圍起了一片空地作爲院子。我們住的樓房前面滿是這樣的空地。有人說，這裡像集中營，有人說像豬場，說什麼的都有。但我對這個院子很滿意。院子裡有棵臭椿樹，我在樹下放了一張桌子，一個白色的甲板椅，經常坐在那裡冥思苦想。在我身邊的白布底下遮著裝修廁所剩下的瓷磚和換下來的蹲式便器。這在便器邊上有個小帳篷，有時我在裡面睡上半夜，再帶著一身蚊子咬的大包躲到屋裡去。這是一種哲學家的生活。有人從來沒過過哲學家的生活，這不足取。有人一輩子都在過哲學家的生活，當然也是沒出息的東西。那一年我十三歲，等到過了那一年，我對哲學再也沒有興趣。在那棵樹下，那張椅子上，我得到了一些結論，並把它用自己才認識的符號記在紙片上。現在我還留著那些紙片，但是那些符號全都認不得了。其中一些能記得的內容如下：每個人的一生都擁有一些資源，比方說：壽命、智力、健康、身體、性生活；有些人準備把它消費掉，換取新奇、快樂等等，小姚阿姨就是這樣的；還有人準備拿它來賺點什麼，所以就斤斤計較，不討人喜歡。除了這兩類人，還有別的種類，不過我認爲別的種類都屬笨蛋之列。我非常喜歡小姚阿姨那類人，而且我又對她的肉體非常的著迷；每當我想到這些事，那個茄子把似的小雞雞就直挺挺的。但是這種熱情有幾分來自哲學思辨，幾分來自對她肉體的遐想，我就說不清楚了。有一點是肯定的，就是我對哲學的愛好並不那麼始終如一。我想孔夫子也有過類似的經歷，所以他說：予未見好德如好色者。「未見」當然包括自己在內，他老人家一定也迷戀過什麼人，所以就懷疑自己。

2

我說過，我十三歲時，十分熱中於小姚阿姨的身體。我甚至想道，假如我是她就好了。這樣我就會有一頭黑油油的短頭髮，白晰的皮膚，穿著連衣裙，挺著沉甸甸的乳房跑來跑去。這最後一條在我看來是有點累，不過也很過癮。當然，我要是她，就不會和我舅舅結婚。我認眞想過，假如我是小姚阿姨，讓誰來分享我美好的肉體，想來想去，覺得誰都不配；我只好留著它，當一輩子老處女。那年夏天，蚊子在我腿上咬了很多包，都是我在院子裡睡時叮的。夜裡滿天星星，我在院子裡十分自由，想什麼都可以。一個中國人如果享受著思想自由，他一定只有十三歲；或者像我舅舅一樣，長了一顆早已死掉、腐爛發臭了的心臟。

我還說過，現在我有一張護身符——我是歷史學家，歷史可不是人人都懂的。有了它，就可以把想說的話寫下來，但它也不是萬能的。假如我年紀小，就有另一張護身符。衆所周知，我們國家保護婦女兒童。有些小說家用老婆、女兒的名義寫作，但這也有限度，搞不好一家三口都進去了。最好的護身符是我舅舅的那一種。心都爛焯，人也快死了，還有什麼可怕？再說，心臟就是害怕的器官；它不猛跳，你根本不知道怕。我沒見過我舅舅怕什麼。

F看我舅舅寫的小說，看了沒幾頁就大打噴嚏。這是因爲我舅舅的稿子自從寫好了，就沒怎麼動過，隨著年代的推移，上面積土越來越多。我不喜歡我舅舅，但是既然給他作傳，就不得不多寫一些。這傢伙學過數學，學數學的人本身就古怪，他又熱中於數學中最冷門、最讓人頭疼的元數學，所以是古怪上加古怪。有一陣子他在美國一個大學裡讀博士學位，上課時愁眉苦臉地坐在第一排拿手支著臉出神，加上每周必用計算機打出一份Paper投到全系每個信箱裡，當然被人當成了天才。後來他就覺得胸悶氣短，支持不住了。洋人讓他動手術，但是他想，要死還不如死在家裡，就休學回家來。後來他就住進了我小舅舅的房子，在那裡寫小說；當然也可以說是在等醫院的床位以便做手術，不過等的時間未免太長了一點。他自己說，等到把胸膛扒開時，裡面準是又腥又臭，又黑又綠。但是直到最後也沒人把他胸膛扒開，所以裡面的情況就不得而知了。在上個世紀，誰要想動手術，就得給醫院裡的人一些錢，叫作紅包、或者勞務費、或者回扣，我個人認爲最後一個說法實屬古怪，不如叫作屠宰稅恰當。我舅舅對早日躺上手術台並不熱心，因爲上一次把他著實收拾得不善，所以他一點錢都不給，躲在房子裡寫一些糟改我小舅舅的小說。

F看著那些小說，打了一陣噴嚏之後就笑了起來。後來她就脫掉高跟鞋，用裙子裹住臀部，把腳翹到桌子上，這樣就露出了裹在黑絲襪裡的兩條腿。她還從包裡拿出一小瓶指甲油，放在桌子沿上；把我舅舅的手稿放在腿上，把手放在稿子上面，一面看，一面塗指甲。這是初夏的上午，外面天氣雖熱，但是樓房裡面還相當涼，後來她塗好了指甲，又分開了雙腿，把我舅舅的稿子兜在裙子裡，低著頭看起來。後來，她又從包裡掏出了一包開心果，頭也不回地遞到了我舅舅面前，說：你幫我打開。我舅舅找剪子打開了開心果，遞給她。她把袋口放到鼻子下聞了聞，又把袋子朝我舅舅遞了過來，說道：呶。我舅舅不明其意，也就沒有接。「呶」了一會兒之後，她就收回了袋子，自己吃起來。與此同時，我舅舅坐在床上出冷汗。假如有個穿黑衣服的人坐在我辦公室裡；把我的電腦文件一個一個地打開看，我也會是這樣。儘管如此，他還是發現那女人的牙很厲害，什麼都能咬碎。

我現在想道：在我舅舅的故事裡，F是個穿黑衣服的女人，這一點很重要。那一年夏天，有個奧地利的歌劇團到北京來演出，有大量的票賣不掉，就免費招待中學教師，小姚阿姨搞了三張票，想叫我媽也去，但是我媽不肯受那份罪，所以我就去了，坐在我舅舅和小姚阿姨中間。那天晚上演的是「魔笛」，是我看過的最好的戲。我舅舅的手始終壓在我肩上，小姚阿姨的手始終掐著我的脖子，否則我會跳起來跟著唱。等到散了場，我還是情緒激昂，我舅舅沉吟不語。小姚阿姨說，這個戲我沒大看懂。什麼夜后啦，黑暗的侍女啦，到底是什麼東西？我舅舅就說：莫札特那年頭和現在差不太多吧。他的意思是說，莫札特在和大家打啞語。我也不是莫札特，不知他說的對不對。總而言之，那個戲裡有好幾個穿黑衣服的女人，舞姿婆娑，顯得很地道。我還知道另一個故事，就是有一家討債公司，雇了一幫人，穿上黑西服，打扮得像要出席葬禮，跟在欠帳的人屁股後面，不出半天，那人準會還帳。我說F穿了一身黑衣服，很顯然受了這些故事的啓迪。但是這些人的可惜之處並不在於我們欠了他的帳，也不是人家要殺我們，而是我們不知他們想幹什麼，而且他們是不可抗拒的。F就是這些人中的一個。她坐在我舅舅的椅子上看他的手稿，看著看著舉起杯子來說：再給咱來點水。我舅舅就去給她倒了水來。她把開心果吃完了，又摸出一包瓜子來嗑，還覺得我舅舅的手稿很有趣。憑良心說，我舅舅的小說在二十世紀是挺好看的。但是現在是二十一世紀了。

現在評論家們也注意了F穿著黑衣服，說什麼的都有。有人說，這是作者本人的化身，更確切地說，她是我的黑暗心理。這位評論家甚至斷言我有變性傾向，但是我一點也不知道自己竟然急於把自己閹掉。我認爲把睪丸割掉可不是鬧著玩的，假如我眞有這樣的傾向，自己應該知道。另一位評論家想到了黨衛軍的制服是黑色的，這種胡亂比附眞讓人受不了。他們中間沒有一個人想到了「魔笛」。但我也承認，這的確不容易想到。

小姚阿姨的身體在二十世紀很美好，到了二十一世紀也不錯，但是含有人工的成分：比方說，臉皮是拉出來的，乳房裡含有硅橡膠，硬幫幫的，一不小心撞在臉上有點疼。將來不知會是什麼樣子，也許變成百分之百的人造品。在這些人造的成分後面，她已經老了，做起事來顛三倒四，而且做愛時沒有性高潮。每回幹完以後，她都要咬著手指尋思一陣，然後說道：是你沒弄對！她像一切學物理的女人一樣，太有主意，老了以後不討人喜歡。我把寫成的傳記帶給她看，她一面看一面搖頭，然後寫了一個三十頁的備忘錄給我，上面寫著：

「一、我何時穿過黑？

二、我何時到香山掃過地？」等等。

最後一個問題是：「你最近是否吸過古柯鹼？」我告訴她，F不是她，她驚叫了一聲「是嗎？」就此陷入了沉思。想了一會兒之後說：假如是這樣的話，他（我舅舅）後來的樣子就不足爲怪了。小姚阿姨的話說明，只要F不是她，這篇傳記就是完全可信的了。這是個不低的評價，因爲雖然F不是小姚阿姨，我舅舅還是我舅舅。比之有些傳記裡寫到的每一個人都不是他們本人，這篇傳記算是非常眞實的了。

3

我舅舅一九九九年住在北京城，當時他在等動手術的床位，並且在寫小說。有一天他到公園去玩，遇上了一個穿黑衣服的女人F。後來F就到了他的小屋裡，看他寫的未發表的小說。這個女人對他來說，是叵測而且不可抗拒的。說明了這一點，其他一切都迎刃而解。F坐在椅子上看小說，嗑著瓜子，覺得很Cool。這句話也可以這樣說：她覺得很舒服。後來她決定讓自己更舒服一些，就把右手朝我舅舅的大概方位一撈，什麼都沒撈著。於是她吐出嘴裡的瓜子皮，說道：你上哪兒去了？坐近一點。然後她接著嗑瓜子，並且又撈了一把，結果就撈到了我舅舅的右耳朵。然後她順著下巴摸了下來，一路摸到了領扣，就把它解開，還解開了胸前的另一顆扣子，就把手伸進去。她記得我舅舅胸前有個刀疤，光滑、發亮，像小孩子的嘴唇一樣，她想摸那個地方。但是她感到手上濕漉漉的。於是她放下了椅子腿，轉過身來一看，發現我舅舅像太陽底下暴曬的帶紙冰糕，不僅是汗透了，而且走了形。於是她就笑起來：喲！你這麼熱呀。把上衣脫了吧。然後她又低頭去看小說。我舅舅想道：我別無選擇，就站了起來，把上衣脫掉放在床上，並且喘了一口粗氣。F又看了三四行，抬起頭來一看，我舅舅赤著上身站在門口。我已經說過，我舅舅是虎體彪形的一條大漢，赤著上身很好看。F又發現我舅舅的長褲上有些從裡面沁出的汗漬，就說：把長褲也脫了吧。我舅舅脫掉長褲，赤腳站在門口。F低下頭去繼續看小說，而且還在嗑瓜子。門口有穿堂風，把我舅舅身上的汗吹乾了。我舅舅垂手站了一會兒，覺得有點累，就把手扣在腦後，用力往後仰頭。這時候F忽然覺得脖子有點痠，就抬起頭來看我舅舅。我舅舅趕緊垂手站立，F繼續嗑瓜子，並且側著頭，眼睛裡帶有一點笑意。我舅舅馬上就想到了自己的內褲有點破爛。衆所周知，我舅舅那輩人吃過苦，受過窮，所以過度的勤儉。後來她把稿紙一斜，把瓜子皮倒在了地上。然後穿上高跟鞋，站了起來，放下稿子，拿起了自己的包，走到我舅舅面前說：你的內褲不好看，我舅舅的臉就紅了。然後她又指指我舅舅的傷疤，說道：可以嗎？我舅舅不知所云於是不置可否。於是她就躬下身來，用嘴唇在我舅舅的傷疤上輕輕一觸，然後說：下回再來看你的小說，我折好頁了，別給我弄亂了；然後就格登格登地走掉了。我舅舅把門關上以後，到衛生間沖了涼，然後就躺倒睡著了。一直睡到了下午，連午飯都沒吃。

小姚阿姨說，我舅舅的胸口是涼冰冰的，如果把耳朵湊上去，還能聽見後面很遙遠的地方在咚咚響。她也很喜歡他的那塊刀疤，不僅用嘴唇親吻，還用鼻子往上蹭。這種情況我撞上了好幾回：小姚阿姨半躺在我家的沙發上，頭髮零亂，臉色飛紅；我舅舅坐在她身邊，胸前的扣子敞開了三四個，雙手放在膝蓋上，像一隻企鵝一樣直挺挺。小姚阿姨說，如果親熱得太久，我舅舅就會很有君子風度地說：我覺得有點胸悶。她覺得我舅舅的表現像個胖胖的、脾氣隨和的女孩子見了甜食，非常可愛；但我覺得這種聯想不僅牽強，而且帶有同性戀傾向。

我覺得小姚阿姨對我舅舅有很多誤解，舉例言之，我舅舅說話慢條斯理，語氣平和。她就說：聽你舅舅說話，就知道他是個好人。其實不然，我舅舅的每一句話都是按數理邏輯組織起來的，不但沒有錯誤，而且沒有歧義；連個「嗯嗯啊啊」都沒有。像我這樣自由奔放的人，聽見他說話，不僅覺得他討厭，而且覺得他可恨。事實上，他非常古板，理應很招女人厭。但是像小姚阿姨這樣的女人，根本等不到發現他古板，就和他黏到一塊了。

現在小姚阿姨很不樂意聽我說到我舅舅，倒願意聽我說說F。我到她那裡以後，她總要把我讓到臥室裡去，然後她就坐在床上，對著我摳起了腳丫子——當然，你不要從字面上理解，實際上她是用各種工具在修理趾甲，不過那種翻來掉去的勁頭，就像是在摳腳丫。這個時候她穿著一件短睡衣。雖然她的腿和腳都滿漂亮，我也不愛看這個景象；所以我就說：你可以到美容院去修腳。她答道：等我官司打贏了吧。就在專注於腳的時候，她問：F長得什麼樣？我說：你猜猜看嘛。她抬頭看了我一眼說：你寫到過，她塗紫眼暈，用紫唇膏？我說：對呀。她就低下頭去，繼續收拾腳，並且說：這女孩一定是黑黑的。我心裡說：我怎麼沒想到呢；趕緊掏出個筆記本，把這件事記下來。她還說：用綢帶打領結，脖子上的線條一定是滿好看的。而且她不怕把整個腿都露出來，一定挺苗條的，但個子不太高，因爲穿著高跟鞋。高鼻梁大眼睛，頭髮有點自然鬈——帶點馬來人的模樣。然後她就問我：F到底長得什麼樣。我說：假如不是你告訴我，我還眞不知是啥模樣。後來她要看F的相片，我就照這個樣子到畫報上找了一個，是泰國航空公司的空中小姐；掃到計算機裡，又用激光打印出來，中間加工了一下，所以又不能說完全是那位空中小姐——這幅相片我還要用來做插圖，可不要吃上肖像權官司。得到照片以後，小姚阿姨端詳了她半天，說道：挺討人喜歡的。我能不能認識一下？我說：你要幹嘛？搞同性戀嗎？把她頂回去了。否則就要飛到泰國去，把那位空姐的母親請來，因爲假如F近二十年前是這位空姐的模樣，現在準是空姐的媽了。這件事可以這麼解釋：F一九九九年在北京，後來領了任務到泰國去，在那裡嫁了人，生下了這位空姐。我這樣治史，可謂嚴謹，同時又給整個故事帶來了神秘的氣氛。但是這樣寫會有麻煩，所以就把這些細節都略去吧。

4

有一件事小姚阿姨可以作證，就是我舅舅有一台BP機，經常像鬧蛐蛐一樣叫起來。他自己說，有些商業夥伴在呼他，但不一定是這麼回事。有一次在我家裡，鬧過以後，他撥回去，對方聽他說了幾句之後，馬上就說：你怎麼是男的呀！還有一次，他撥通了以後，就聽到F渾厚的女中音：「在家嗎？」這種嗓音和美國已故歌星卡朋特一模一樣。他說：在我姐家吃飯。要馬上回去嗎？F說，那就不用了。改天再來找你。我舅舅從我家回去以後，從第二天開始就不出門了。這或者可以解釋小姚阿姨爲什麼等不到他。不管怎麼說，我對此沒有任何不滿之處，但小姚阿姨就不是這樣的了。在商場裡，每次看到一對男女特別親熱，她都要惡狠狠地說：我要宰了你舅舅！但是很久以後，我舅舅還活著。聽了這句話，我昂起頭，把胳臂遞過去。她挽著我走上幾步，就哈哈笑著說：算了算了，我還是拉著你走吧。有些人上初一時個子就長得很高，但我不是的，所以吃了很多虧。上了初二，我才開始瘋長，但已經晚了。總而言之，那一年夏天，我身高一米三二，不像個多情種子的模樣。每次她讓我在更衣室外等她時，我都只等一會兒，然後猛地臥倒在地，從帘子底下看進去，看到小姚阿姨高踞在兩條光潔的長腿上面，手裡拿了一條裙子，朝我說道：小子，你就不怕別人把你逮了去！然而沒人來逮我，這就是一米三二的好處，超過了一米五就危險了。

我舅舅在家裡第二次看到F時，問了她一句：你現在上著班嗎？她可以回答說：上班時間跑你這兒來？我敢嗎？如果這樣回答，對我舅舅的心臟有一定的好處。但是她覺得這樣回答不夠浪漫，所以答道：不該打聽的事別瞎打聽。我舅舅馬上把嘴緊緊閉住，並且想道：好吧，你就是拿刀子來捅我，我也不問了。我個人認爲，對付他這樣的一條大漢，最好是用手鎗，從背後打他的後腦勺。當時是在我舅舅的門廳裡，F的穿著和上一次一樣，只是背了一個大一點的包。她從我舅舅身邊走過去，我舅舅跟在她後面。她到臥室裡找到了那份稿子，正要坐下看，忽然聽到樓下有人按喇叭，就拿著稿子跑到涼台上去，朝下面說道：喂！然後又說：看牌子！就回來了。當時有個人開了一輛車想進院子，看到另一輛汽車擋道，就按了一陣喇叭。聽了F的勸告之後，他低頭看看前面那輛車的車牌，看見是公安的車，就鑽進自己的車，倒了出去，開到別的地方去了。我舅舅從另一個窗子裡也看到了這個景象。然後她又坐回老地方，忽然把稿子放下來說：差點忘了；就打開皮包，拿出一大堆塑料包裝的棉織物來，遞給我舅舅說：我給你買的underwear。我舅舅有好幾年不說英文了，一時反應不過來，但是他還是老老實實地接了過來，把那些東西放在床上，自己也隨後坐在了床上。F就接著看小說，磕瓜子。過了一會兒她說：怎麼樣呀？我舅舅說：什麼？噢，underwear。他拿起一袋來看了看，發現那東西捲得像一捲海帶一樣，有黃色的、綠色的、藍色的，都是中國製造出口轉內銷的純棉內褲，包裝上印了一個男子穿著那種內褲的髖部，一副雄赳赳氣昂昂的模樣。雖然都是XL，但是捏起來似乎不比一雙襪子含有更多的纖維。他說：謝謝。F頭也不抬地噴出兩片瓜子皮，說道：去試試。我舅舅愣了一會兒，拿起一袋內褲，到衛生間裡去了，在那裡脫掉衣服，掛在掛衣鈎上，然後穿上那條內褲，覺得裹得很厲害；然後他就走出來，垂手站在門邊上。這一次F側坐在椅子上看稿子，把右手倚在椅背上，用左手磕瓜子。地下很快就積滿了瓜子皮。我舅舅不僅不嗑瓜子，而且不吃任何一種零食，所以他看到一地瓜子皮感到怵目驚心，很想拿把掃帚來打掃一下。但是他又想：一個不吃零食者的舉動，很可能對吃零食的人是一種冒犯。所以他就站著沒有動。

小姚阿姨回家時，提著滿滿當當的一只手提包。我問她：你都買了一些什麼呀？她就從包裏掏出一袋棉織內衣來，乳罩和三角褲是一套，是水紅色的。她問我：這顏色你舅舅會喜歡嗎？我看著商標紙上那個女人的胴體出了一陣神，然後說道：你不穿上給我看看，我怎麼知道。她在我額頭上點了一指頭，把那東西收回包裏去。這時候我看到她包裏這種塑料袋子有一大批，裏面的衣服有紅色的、黃色的，還有綠色的。回到家裏她問我媽媽：大姐，你胸圍多少？這說明她遇上了便宜貨，買得太多了，想要推銷出去一些。現在她還有這種毛病，門廳裏擺著的鞋三隻蜈蚣也穿不了。

女人上街總是像獵人扛槍進了山一樣，但是獵取的目標有所不同。比方說我姥姥，上街總是要帶一條塑料網兜；並且每次見到我出門，都要塞給我一塊錢，並且說：見到葱買上一捆。當然，現在的女人對葱有興趣的少了，但是女人的本性還是和過去一樣。F在街上看到了她以爲好的男內褲，就買了一打，這件事沒什麼難理解之處。她買了這些東西之後，就到我舅舅家裏來，讓我舅舅穿上它，自己坐在椅子上嗑瓜子、看小說。有一件事必須說明，那就是我舅舅一點不明白她是什麼意思，他不想問，他也不關心。

5

小姚阿姨和我舅舅談戀愛，我總要設法偷聽。這件事並不難辦，她家的後窗戶正對著我的院子，離我的帳篷只有十幾米。我們家有台舊音響，壞了以後我媽讓我修，被我越修越不成樣子，她就不往回要了。其實那台機器一點毛病也沒有，原來的毛病也是我造出來的。小姚阿姨不在家時，我撬開她的後窗戶進去，把無線話筒下在她的沙發裡面，就可以在帳篷裡用調頻收聽他們說話，還可以錄音。因爲我舅舅在男孩子裡行大，小姚阿姨管他叫「老大」。有一天，小姚阿姨聽見鄰居的收音機在廣播他們的談話，就說：老大，大事不好了！

然後還說：我們也沒說什麼呀！我舅舅「喂喂」地吼了兩聲，然後說：「你等我一下。」我聽到了這裡，就從帳篷裡落荒而逃，帶走了錄音帶，但是音響過於笨重，難以攜走，還是被我舅舅發現了，很快又發現了沙發裡的話筒。好在他們還比較仗義，沒有告訴我媽。小姚阿姨見了我就用手指刮臉，使我很是難堪。這件事的教訓是：想要竊聽別人說話，就要器材過硬，否則一定會敗露。我聽到過小姚阿姨讓我舅舅講講他自己的事，他就說：我這一生都在等待。小姚阿姨很興奮地說：是嗎，等待誰？我舅舅沈默了一會兒說：等待研究數學，等待發表小說。小姚阿姨拉長了聲音說：是嗎。然後呢？我舅舅說：我現在還在等待。小姚阿姨說：噢。那你就等待罷。說著她就踢踢踢地走出去了。這件事說明我舅舅只關心他自己，還說明了女人喜歡被等待。等到竊聽的事被發現以後，我就告訴小姚阿姨：我一直在等待你。她聽了說：呸！什麼一直等待，你才幾歲？

在學校裡時，老師告訴我們說，治史要有兩種態度，一是科學態度，那就是說，是什麼就說什麼，二是黨性的態度，那就是說，是什麼就偏不說什麼。雖然這兩種態度互相矛盾，但咱們也不能拿腦袋往城牆上撞。這些教誨非常重要。假如我把話筒的事寫入了我舅舅的傳記，那我就死定了。眾所周知，我們周圍到處是竊聽器。我想知道我舅舅和小姚阿姨在新婚之夜說什麼，有關部門也想知道我們在說什麼。我這樣寫，能不是影射、攻擊嗎？

F在他家裡時，我舅舅靠門站著，一聲不吭。後來她終於看完了一段，抬起頭來看我舅舅，把他上下打量了一番後，面露笑容，偏著頭嗑了一粒瓜子，說：挺帥的，不是嗎。我舅舅在心裡說：什麼帥不帥，我可不知道。然後她又低頭去看小說，看一會兒就抬頭看一眼我舅舅，好像一位畫家在看自己的畫。但我舅舅可不是她畫的。他是我姥姥生的，生完之後又吃了四十年糧食才長到這麼大，不過這一點和有些人很難說明白。她只願看我舅舅寬闊的胸膛，深凹的腹部，還有內褲上方凸現的六塊腹肌。那條內褲窄窄的，裡面兜了滿滿的一堆。她對這個景象很滿意，就從桌子上撈起個杯子說：去，給咱倒杯水來。我舅舅接過那個杯子去倒水，感到如釋重負。

第三章

1

F和小姚阿姨一直認爲我舅舅是個作家，這個說法不大對。我舅舅活著的時候沒有發表過作品，所以起碼活著的時候不是作家。死了以後遺著得以出版，但這一點不說明問題：任何人的遺著都能夠出版，這和活著的人有很大的不同。這個道理很容易明白，死掉是最好的護身符。我認識的幾位出版家天天往監獄跑，勸待決犯寫東西，有時候還要拿著錄音機跟他們上刑場，趕錄小說的最後幾節。有個朋友就是這樣一去不回了，等他老婆找到他時，人已經躺在停屍房裡，心臟、腎、眼球、肝臟等等都被人扒走了，像個大梆子一樣——你當然能想到是崩錯了人，或者執行的法警幽默感一時發作，但是像這樣的事當然是很少發生的。這些死人寫的書太多了，故而都不暢銷。可以說我舅舅成爲作家是在我給他寫的傳記在報上連載之後，此時他那些滯銷的遺著全都銷售一空。小姚阿姨作爲他的繼承人，可多抽不少版稅。但是她並不高興，經常打電話給我發些牢騷，最主要的一條是：F憑什麼呀！她漂亮嗎？我說：你不是見過相片了嗎？她說：我看她也就一般，四分的水平——你說呢？我不置可否地「嗯」了幾聲，把電話掛上了。F不必漂亮，她不過是碰巧漂亮罷了。我舅舅也不必寫得好才能當作家，他不過是碰巧寫得好罷了。人想要幹點什麼、或者寫點什麼，最重要的是不必爲後果操心。只要你有了這個條件，幹什麼、寫什麼都成，完全不必長得漂亮，或者寫得好。

我舅舅和小姚阿姨的談話錄音我還保留著，有一回帶到小姚阿姨那裡放了一段，她聽了幾句，就說：空調開得太大！其實當時根本就沒開空調。又聽了幾句，她趕緊把錄音機關上了。我舅舅那種慢條斯理的腔調在他死了以後還是那麼慢條斯理，不但小姚阿姨聽了索索發抖，連我都直起雞皮疙瘩。那一回小姚阿姨問他爲什麼不搞數學了，他說：數學不能讓他激動了。後來他還慢慢地解釋道：有一陣子，證明一個定理，或者建好了一個公理體系，我的心口就突突地跳。小姚阿姨說：那麼寫小說能使你激動嗎？我舅舅嘆了一口氣說：也不能。後來小姚阿姨帶著挑逗意味地說：我知道有件事能讓你激動——就是聽到這裡，小姚阿姨朝錄音機揮了一拳。不但把聲音打停，把錄音機也打壞了。但我還記得我舅舅當時懶洋洋地說道：是嗎——就沒有下文了。我舅舅的心口早就不會突突跳了，但是這一點不妨礙他感到胸悶氣短、出冷汗、想進衛生間。這些全是恐懼的反應，恐懼不是害怕，根源不在心臟，而在全身每個細胞裡。就是死人也會恐懼——除非他已經死硬梆了。

現在該談談F在我舅舅那裡時發生的事了。他去給她倒了一杯開水，放在桌子上，然後還站在門口。F用餘光瞥見了他，就說：老站著幹啥，坐下吧。我舅舅就坐在床上，兩手支在床沿上。後來F的右手做了個招他的手勢，我舅舅就坐近了。F換了個姿勢：翹起腿，挺起胸來，左手拿住手稿的上沿，右手搭在了我舅舅的右肩上，眼光還在稿紙上。你要是看到一個像我舅舅那樣肌肉發達皮下脂肪很少的男子，一定會懷疑他吃過類固醇什麼的。我敢和你打賭說他沒有吃，因為那種東西對心臟有很大的害處。F覺得我舅舅肩膀渾圓，現代力士都是這樣，因為脖子上的肌肉太發達。她順著肩膀摸過來，一直摸到脖子後，發現掌下有一個球形的東西，心裡就一愣：怎麼喉結長在這裡？後來又發現這東西是肉質的，就問：這是怎麼了？我舅舅也愣了一下才說：挑擔子。有關這件事，我有一點補充：我舅舅不喜歡和別人爭論，插隊時挑土，人家給他裝多少他就挑多少，因此別人覺得他逞能，越裝越多。終於有一次，他擔著土過小橋時，橋斷了，連人帶挑子一起摔進了水溝裡。別人還說他：你怎麼了？連牲口都會叫喚。總而言之，他就是這麼個倒霉鬼。但是他的皮膚很光潔。F後來把整個手臂都搭在他脖子上，而我舅舅也嗅到了她嘴裡瓜子香味。我已經說過，我舅舅從來不吃零食，所以不喜歡這一類的香氣。

現在可以說說我舅舅的等待是什麼意思了。他在等待一件使他心臟爲之跳動的事情，而他的心臟卻是一個多災多難的器官，先是受到了風濕症的侵襲，然後又成了針刺痲醉的犧牲品，所以衰老得很快。時代進步得很快，從什麼都不能有，到可以有數學，然後又可以有歷史，將來還會發展到可以有小說；但是他的心臟卻衰老得更快。在一九九九年，他幾乎是個沒有心的人，並且很悲傷地想著：很可能我什麼都等不到，就要死了。但是從表面上看，看不出這些毛病。我舅舅肌肉堅實，皮膚光潔，把雙手放在肚子上，很平靜地坐在床上。F抬起頭來看他的臉，見到他表情平靜，就笑吟吟地說：你這人眞有意思。我舅舅說：謝謝——他非常的多禮。然後她發現我舅舅的脖子非常強壯，就仔細端詳了一陣他的脖子。她很想把自己的綢帶給我舅舅繫上，但是不知爲什麼，沒有那麼做。

小姚阿姨說，我舅舅很愛她，在結婚之前，不但親吻過她，還愛撫過。她對我說，你舅舅的手，又大、又溫柔！說著她用雙手提起裙子的下襬，做了一個兜，來表示我舅舅的手；但是我不記得我舅舅的手有這麼大。我舅舅那一陣子也有點興奮，甚至有了一點幽默感。我們一家在動物園附近一家久負盛名的西餐館吃飯時，他對服務員說：小姐，勞駕拿把斧子來，牛排太硬。小姐拿刀扎了牛排一下，沒有扎進去，就說，給你換一份吧。把牛排端走了。我們吃光了沙拉，喝完了湯，把每一塊麵包都吃完，牛排還是不來。後來就不等了，從餐館裡出來。他們倆忽然往一起一站，小姚阿姨就對我媽說：大姐，我們今天結婚。我媽說：豈有此理！怎麼不早說。我們也該有所表示。我跟著說：對對，你們倆快算了。我舅舅拍拍我的腦袋，小姚阿姨和我媽說了幾句沒要緊的話，就和我舅舅鑽進了出租車，先走了。我感到了失戀的痛苦，但是沒人來安慰我。沒人把我當一回事，想要有人拿我當回事，就得等待。

Ｆ把我舅舅的脖子端詳了一陣之後，就對他說：往裡坐坐。我舅舅往裡挪了挪，背靠牆坐著。Ｆ站了起來，踢掉了高跟鞋，和我舅舅並肩坐著，嗑了幾粒瓜子之後，忽然就橫躺下來，把頭枕在我舅舅肚子上。如果是別人，一顆頭髮蓬鬆的腦袋枕在肚子上，就會覺得很逗，甚至會感覺非常好。但我舅舅平時連腰帶都不敢束緊，腹部受壓登時感到胸口發悶。他不敢說什麼，只好用放在腹部的手臂往上使勁，把她托起一點，因此他胸部和肩膀的肌肉塊凸起，看起來就如等著健美裁判打分，其實不是的。Ｆ先是仰臥著，手裡捧著一些稿紙，後來又翻身側臥，把稿紙立在床面上。這樣她就背對著我舅舅，用一隻手扶著稿子，另一隻手還可以拿瓜子。在這種姿勢之下，她讚嘆道：好舒服呀！我認爲，我舅舅很可能會不同意這句話。

2

我很喜歡卡爾維諾的小說「看不見的騎士」。這位騎士是這樣的，可以出操、站隊，可以領兵打仗，但是他是不存在的。如果你揭開他的面甲，就會看到一片黑洞洞。這個故事的動人之處在於，不存在的騎士也可以吃飯，雖然他只是把盤子裡的肉切碎，把麵包搓成球；他也能和女人做愛，在這種情況下，他把那位貴婦抱在懷裡，那女人也就很興奮、很激動。但是他不能脫去鎧甲，一脫甲，就會徹底渙散，化爲烏有。所以就是和他做過愛的女人也不知他是誰，是男是女，更不知他們的愛情屬於同性戀還是異性戀的範疇。你從來也看不見F打呵欠，但是有時會看到她緊閉著嘴，下頜鬆弛，鼻子也拉長了，那時她就在打呵欠。你也從來看不到她大笑，其實她常對著你哈哈大笑，但是那種笑只發生在她的胸腹之間，在外面看不見。躺在我舅舅肚子上看小說時，她讓我舅舅也摸摸她的肚子，我舅舅才發現她一直在大笑著（當然，也發現了她的腹部很平坦）。這一點很正常，因爲我舅舅的風格是黑色幽默。由於這種笑法，她喝水以後馬上就要去衛生間。她笑了就像沒笑，打了呵欠就像沒打，而不存在的騎士吃了就像沒吃，做了愛就像沒做。我舅舅也從來不打呵欠、不大笑、也不大叫大喊，這是因爲此類活動會加重心臟負擔。他們倆哪個更不存在，我還沒搞清楚。

小姚阿姨對我說，那個F是你瞎編的，沒有那個人吧。我說：對呀。她馬上正襟危坐道：你在說眞的？我說：說假的。她大叫起來：渾球！和你舅舅一樣！這個說法是錯誤的，我舅舅和我一點兒都不一樣。其實小姚阿姨和其他女人一樣，一點都不關心眞假的問題；只要能說出你是渾球就滿意了。當時我們在她的臥室裡，小姚阿姨穿一件紅緞子睡衣，領口和袖子滾著黑邊，還繫著一條黑色的腰帶。她把那條腰帶解開，露出她那對豐滿的大乳房說：來吧試試你能不能搞對。等事情完了以後她說：還是沒弄對。到了如今這把年紀，她又從頭學起理論物理來，經常在半夜裡給我打電話，問一些幼稚得令人發笑的問題。我還是第一次聽說有人一輩子學兩次理論物理。

現在該繼續說到我舅舅和F了。我舅舅坐在床上，手托著F的頭，漸漸覺得有點肌肉疲痛。他又不好說什麼，就倒回去想起原數學來。這種東西是數學的一個分支，也可以說是全部數學的基礎，它的功能就是讓人頭疼。在決定了給我舅舅作傳以後，我找了幾本這方面的書看了看，然後就服了幾片阿斯匹靈；這種體驗可以說明，我舅舅是因爲走投無路，才研究這種東西。一進入這個領域，人的第一需要就是一枝鉛筆和一些紙張。那些符號和繁瑣的公式，光用腦子來想，會使你整個腦子都發癢，用紙筆來記可以解癢。但當時的情況是他得不到紙和筆，於是他用手指甲在大腿的皮膚上刻畫起來。畫了沒幾下，F就翻過身來說：幹什麼呀你！摳摳索索的！我舅舅沒有理她，因爲他在想數學題。F翻回身去繼續看小說，發現我舅舅還是摳摳索索，就坐了起來，在我舅舅喉頭下面一寸的地方咬了一口。但是她沒有把肉咬掉，只是留下了一口牙印。然後她就往後退了退，看著我舅舅瞪大眼睛，胸前一個紫色的印記在消退，覺得很有意思。然後她又指著我舅舅的右肩說：我還想在這兒咬一口。我舅舅什麼都沒說，只是把右肩送了過去。她在那裡咬了一口，然後說：把手放在我肚子上。我舅舅就把手放在那裡，發現她整個腹部都在抽動，就想：噢，原來這件事很逗。但是逗在哪裡，他始終沒想出來。

F對我舅舅的看法是這樣的：塊頭很大、溫馴、皮肉堅實（她是用牙感覺出來的），像一頭老水牛。小姚阿姨對他的看法也差不多，只是覺得她像一匹種馬；這是因爲她沒用牙咬過我舅舅。那天晚上他們倆坐出租車回到家裡，往雙人床上一躺，小姚阿姨把腳伸到我舅舅肚子上。我已經說過，我舅舅的肚子不經壓，所以他用一隻手的虎口把那只腳托起來。小姚阿姨把另一隻腳也伸到我舅舅肚子上，我舅舅另一隻手把她的腳托了起來。人在腿乏的時候，把腳墊高是很舒服的。小姚阿姨感覺很舒服，就睡著了。而我舅舅沒有睡著。當時那間房子裡點著一盞昏黃的電燈，我從外面趴窗戶往裡看覺得這景象實屬怪誕；而且我認爲，當時我舅舅對螃蟹、蜘蛛、章魚等動物，一定會心生仰慕，假如他眞有那麼多的肢體，匀出兩隻來托住小姚阿姨的腳一定很方便。而小姚阿姨一覺醒來，看到新婚的丈夫變成了一隻大蜘蛛，又一定會被嚇得尖聲大叫。我覺得自己的想像很有趣，就把失戀的痛苦忘掉了。

現在該說說我自己了。我失戀過二十次左右，但是這件事的傷害一次比一次輕微，到了二十歲以後就再沒有失戀過，所以我認爲失戀就像出痲疹，如果你不失上幾次，就不會有免疫力。小姚阿姨的特殊意義，在於她排在了食堂裡一位賣餡餅的女孩前面。她知道了這件事以後，還叫我帶她去看看；買了幾塊餡餅之後，我們倆一齊往家走。她說：有鬍子嘛。那姑娘上唇的汗毛是有點重，以前我沒以爲是個毛病，聽她一說，我就痛下決心，斬斷了萬縷情絲，去單戀高年級的一個女孩，直到她沒考上重點高中。要知道我對智力很是看重，不喜歡笨人。這些是我頭三次失戀的情形。最後一次則是這樣的：有一天，在街上看到一個女孩迎面走來，很是漂亮，我就愛上了她。等我走到她身後，嗅到了一股不好的味兒，就不再愛她了。小姚阿姨說我用情太濫、太不專。我說，這都是你害的。她聽了叫起來：小子，我是你舅媽呀！現在我叫她舅媽她就不愛聽了，這說明女人在三十歲時還肯當舅媽，到了四五十歲時就不肯了。

3

有人說，卡彭鐵爾按照貝多芬「第五交響樂」的韻律寫了一本小說，到底這本小說是不是這樣的，只有貝多芬本人才能作出判斷，而他寫這本書時，貝多芬已經死了。我舅舅的全部小說都有範本，其中一本是「邏輯教程」。那本書的七十八頁上說：

一、眞命題被一切命題眞值蘊涵；

二、假命題眞值蘊涵一切命題。

我舅舅的小說集第七十八頁上也有他的一段自白：在一切時代都可以寫好小說，壞小說則流行於一切時代。以上所述，在邏輯學上叫作「眞值蘊涵的悖論」，這一段在現在的教材裡被刪掉了，代之以「……」，理由是宣揚虛無主義。我舅舅的書裡這一段也被「口」取代，理由也是宣揚虛無主義。像這樣的對仗之處，在這兩本書裡比比皆是，故而這兩本書裡有很多的「……」和「口」。他最暢銷的一本書完全由「口」和標點符號組成，範本是什麼，我當然不能說出來。它是如此的讓人入迷，以致到了人手一本的地步，大家都在往裡塡字，這件事有點像玩字謎遊戲。F讀這些小說時，其中一個「口」都沒有，這就是我舅舅流冷汗的原因。但是F並沒有指出這些不妥之處，可能是因爲當時她已經下班了。到天快黑時，F跳了起來，整整頭髮，走了出去。我舅舅繼續坐在床上一動不動，直到聽見汽車在樓下打著了火，才到窗口往下看。那輛汽車亮起了尾燈、大燈，朝黑暗的道路上開走了。他慢慢爬了起來，到廁所裡擦了一把臉，然後回來，從書架上拿下一本書來讀，可能是本數學書，也可能是本歷史書，甚至可能是本小說。但是現在我舅舅已經死了，他讀過了一些什麼，就不再重要了。在讀書的時候，他想像F已經到了公園裡，在黑暗的林蔭道上又截住了一個長頭髮的大個子。那個人也可能拿了個空打火機，可能拿了一盒沒有頭的火柴；或者什麼都沒有拿，而是做出別的不合情理的舉動。被她截住後，那人也可能老老實實，也可能強項不服。於是F就用渾厚的女中音說道：例行檢查，請你合作啊！「合作」這個詞，在上個世紀被用得最濫了。起初有一些小副食商店被叫做「合作社」，後來又有合作化等用法，當然在大多數情況下，是要你束手就擒之意。最後演化為甜蜜、nice的同義語，是世紀末的事。F的工作，就是檢查每個人是否合作。我舅舅想，也許她會發現一個更合作的人，從此不來了。這樣想的時候，心裡有點若有所失。但這是他多心，很少有人比他更合作——換言之，很少有人比他更甜蜜、更nice，因為他是個沒有心的人。

因為我說我舅舅是個很合作的人，有讀者給報紙寫信說我筆下有私。他認為我舅舅根本就不合作，因為他把「真值蘊涵的悖論」偷偷寫進了小說裡。我懷疑這位讀者是個小說家，嫉妒我舅舅能出書。但我還是寫了一篇答辯文章，說明我舅舅不管寫了什麼，都是偷偷在家裡寫；而且他從來不敢給報紙寫信找歷史學家的麻煩。這樣答辯了以後，就不再有人來信了。這種信件很討厭，眾所周知，現在數理邏輯正在受批判，官方的提法是，這是一門偽科學，這如上世紀初相對論在蘇聯，上世紀中馬爾薩斯「人口論」在中國一樣。再過些時候，也許會發現沒有數理邏輯不行，就會給它平反。在這之前，我可不想招來「宣傳數理邏輯」的罪名。

我舅舅生活的時代夜裡路燈很少，晚上大多數窗口都沒有燈光。他點了一盞燈看書，就招來了一大群蚊子、蛾子，劈劈啪啪撞在了紗窗上。後來他關掉了燈，屋子裡一片漆黑，只剩下窗口是灰濛濛的，還能感到空氣在流動。雖然住在十四樓上，我舅舅還是感覺到有人從窗口窺視，隨時會闖進來。他想的是：假如有人闖了進來，就合作。沒人闖進來就算了。想完了這些，他躺下來睡了。

小姚阿姨說，我舅舅在新婚之夜也很合作。那天晚上她一覺醒來，看到屋裡黑洞洞，就爬起來開燈。燈亮了以後，發現我舅舅在床頭甩手。她覺得這樣子很怪，因爲她不知道我舅舅一直用手托著她的腳，故而血脈不通，兩手發麻。因爲她臥室裡安了一盞日光燈，那種燈一秒鐘閃五十下，所以她看到我舅舅有好多隻手，很是怪誕。後來我舅舅甩完了，那些手也消失了，只剩下了兩隻，但她還是覺得我舅舅很陌生，據我所知，有些女人在初次決定和某男人做愛時，對他會有這種感覺，小姚阿姨就是這些女人裡的一個。她對我舅舅說：去洗洗吧。我舅舅進了衛生間，等他出來時，小姚阿姨沒往他身上看，也進了衛生間，在那裡洗了一個淋浴，穿上她那套水紅色的內衣內褲，走了出來。這時候我舅舅已經關上了大燈，點亮了床頭燈躺在床上，身上蓋了一條毛巾被。小姚阿姨走過去，拉起那條毛巾被，和我舅舅並肩躺下。後來我舅舅說道：睡罷。然後就沒了聲息，呼吸勻靜，眞的睡著了。小姚阿姨想起我媽過去說過的話：「我弟弟可能不行」，原來她已經把這話忘掉了。但是她還是決定要有所作爲。等我舅舅睡熟以後，她悄悄爬了起來，關上了台燈，自己動手解下了胸罩，揭開了毛巾被，騎跨到我舅舅身上，像一隻大青蛙一樣；把臉貼在我舅舅胸前那塊冷冰冰的地方，也就是心臟的所在；然後也睡著了。小姚阿姨給不少人講過這件事。有些人認爲，「合作」應當男女有別，一個男人在新婚之夜有這種表現，不能叫做「合作」。在這種時刻，男人的合作應該是爬起來，有所作爲。在這方面，我完全同意小姚阿姨的意見：合作是個至高無上的範疇，它是不分時刻，不分男女的。它是一個「接受」的範疇，有所作爲就不是合作。

那天夜裡天氣悶熱，我舅舅很難受。他覺得胸悶氣短，脖子上流了不少熱汗。午夜時下了一場雨，然後涼爽了很多，我舅舅就在那時睡著了。他醒來時，窗外已是灰濛濛的，大概有四點鐘光景。雖然是夏季，這時候也很冷。朦朧中，他看到F站的床頭，頭髮濕漉漉的，正把裙子往書架上掛。然後她轉過身來，我舅舅看到她把襯衫的前襟繫住，露出黑綢內褲，而黑色的絲襪正搭在椅子上，並且伸了個懶腰——手臂沒有全伸開，像呼口號時那樣往上舉了舉——打了個呵欠，鼻子皺了起來。我舅舅知道F打呵欠別人是不應當看到的，所以他覺得事情有點不對了。然後F就撩起我舅舅身上的毛巾被爬到床上來，還用肩膀拱拱我舅舅說：往裡點。我舅舅當然往裡縮了縮——換言之，他把身子側了側，F就背對著我舅舅躺下了。我舅舅認爲，F可能是在夢遊，或者下班時太睏，所以走錯了路。這兩種情況的結果是一樣的，那就是F並不知道自己在什麼地方，不知道我舅舅是誰。而且我舅舅不能斷定F在夢遊，故而也不能斷定提醒她一句是不是冒犯。假設你是個準備合作的人就肯定會同意，無法斷定對方是否在夢遊，是人生在世最大的惡夢：假如你以爲對方睡著了，而對方是醒著的，你就會有殺身之禍，因爲你不該汙蔑說對方睡了；假如你以爲對方是醒著的，而對方睡了，也會有殺身之禍，因爲你負有提醒之責。我舅舅僵在那裡，一動也不敢動。後來F用帶了睡意的聲音說道：你身上有汗味，去洗洗吧。我舅舅就輕輕爬了起來，到衛生間淋浴去了。

那天早上我舅舅洗冷水淋浴，水管裡的水流完了之後，出來的是深處的水，所以越洗越冷，他的每一個毛孔都緊閉起來。因此他陰囊緊縮，雙臂夾緊雙肋。他關上水龍頭往窗外看，看到外面灰茫茫的一片。然後他從衛生間出來，看到F在床上伸展四肢，已經睡熟了。

4

二十一世紀心理學最偉大的貢獻，就是證明了人隨時隨地都會夢遊，睜著眼睛進入睡夢裡，而且越是日理萬機的偉大人物，就越容易犯這種病。這給我們治史的人提供了很好的工具，很多重大歷史事件都可以用這個理論來解釋。人在夢遊時，你越說他在夢遊，他就會沈入越深的夢境，所以必須靜悄悄地等他醒來。但是有時實在叫人等不及，因爲人不能總活在世界上。

你在這個世界上活得越久，就越會發現這世界上有些人總是在夢遊。由此產生的溝通問題對心臟健康的人都是一種重負，何況我舅舅是一個病人。我舅舅坐在椅子上，而F在睡覺，襯衫上那個黑領結已經解開了，垂在她肩上。那間房子裡像被水洗過一樣的冷，並且瀰漫著一股新鮮水果才有的酸澀味。起初周圍毫無聲響，後來下面的樹林裡逐漸傳來了鳥叫聲。F就在這時醒來，她叫我舅舅站起來，又叫他脫掉內褲，坐在床上來。我舅舅的那東西就逐漸伸直了，像一根直溜溜的棍子。F向它俯過身去，感到了一股模糊不清的熱氣。她又用手指輕輕地彈它，發現它在輕輕顫動著。F舔舔嘴唇，說道：玩罷。然後就脫掉上衣。這時候我舅舅想說點什麼，但後來什麼都沒有說。

我舅舅的傳記登在了「傳記報」上，因爲上述那一段，受到了停報三天和罰款的處分。爲了抵償訂戶的損失，報社決定每天給每戶一筒可樂。總編說，我們已經被罰款了，這可樂的錢不能再讓我們出。我本可以用支票或信用卡來支付買可樂的錢，但我借了一輛小卡車，跑遍了全城去找便宜可樂。最後我終於找到了一種最便宜的，只差三天就到保質期。最讓我高興的是，這是一種減肥可樂，一點都不甜，只有一股甘草味。中國人裡沒人會愛喝，而我恰恰是要把這種東西送給中國人喝。這種情況說明我不想合作，心裡憋了一口氣——衆所周知，我們從來都是從報社拿稿費，往報社倒貼錢的事還沒有過——但我不能不合作，因爲是我的稿子導致報社被停刊，假如不合作，以後就不會有人約我稿了。在這種情況下，我感到很是氣惱、難堪，整整一天都是直撅撅的。因為這種難得的經歷，我能體會到我舅舅當時的感覺。他赤身裸體坐在床上，背對著F，周圍空氣冷冽。F弓起身來，把臉貼在他大腿上，眼睛盯著他的那玩藝兒，這使他感到非常的難堪；而那玩藝兒就在難堪中伸展開來，血管賁張。不管怎麼說吧，別人沒有看到我的難堪，而我舅舅卻在別人的注視之下；因此他面色通紅，好像很上勁的樣子。其實假如F不說「玩罷」，他就要說「對不起」，「sorry for that」之類的話了。直到最後，他也不知那樣子是不是合作，因為從下半截來看，他是一副怒氣沖沖，強項不服的樣子，這不是合作的態度；從上面看，他滿面羞愧，十分靦腆，這樣子又是十分合作的了。就是在幹那件事時，他也一直感到羞愧難當，後來就像挨了打的狗一樣在床上縮成一團。好在後來F沒有和他再說什麼，她洗了個冷水澡，穿上衣服就走了。對於我舅舅傳記的這個部分，「傳記報」表示：您（這是指我）的才氣太大，我們這張小報實在是無福消受；再說，明知故犯的錯誤我們也犯不起。這是從報社的角度提出問題，還有從我這面提出問題的：您是成名的傳記作家，又是歷史學會會員，犯不上搞這樣直露的性描寫——這是小說家幹的事，層次很低。但是我舅舅幹出了這樣直露的事，我又有什麼辦法呢。

這些都是歷史事實。不是歷史事實的事是這樣的：我舅舅和小姚阿姨結了婚後，就回到他原來住的房子裡，找出一台舊打字機，成天劈劈啪啪地打字。小姚阿姨叫我去看看他，但我不肯去。這是因爲小姚阿姨在我心目裡已經沒有原來的分量了。後來她答應給我十塊錢，這就不一樣了。騎車到我舅舅那裡，來回要用一小時。在十三歲時，能掙到十塊錢的小時工資，實在不算少。我認爲，十塊錢一小時，不能只是去看一看，還該有多一點的服務，所以就問小姚阿姨：是不是還要帶句話去。她就顯得羞答答的，說道：你問問他怎麼了，爲什麼不回家。我的確很想記著問我舅舅一句，但是到了那兒就忘了。

我給我舅舅寫傳記，事先也做過一些準備工作，不是提筆就寫的。比方說，我給他過去留學時的導師寫過信，問我舅舅才情如何。那位老先生已經七十歲了，回信說道：他記得我舅舅，一個沈默的東方人，剛認識時，此人是個天才，後來就變得很笨。我再寫信去問：我舅舅何時是天才，何時很笨。他告訴我，我舅舅初到系裡當他研究生時是個天才，後來回中國去養病，就變笨了；經常寄來一些不知所云的paper，聲稱自己證出了什麼定理，或者發明了什麼體系。其實這些定理和體系別人早就發現了，這老先生說，你舅舅怎麼把什麼都忘了？開頭他還給我舅舅寄些複印件，告訴他，這些東西都不新鮮了；後來就不再搭理我舅舅。因爲我舅舅的發現是逆歷史潮流而動的，換言之，他先發現高級的和複雜的定理，再發現簡單和原始的定理，最後發現了數學根本就不存在；讓人看著實在沒有意思。考慮到收信人是他所述那位先生的外甥，他還在信尾寫了幾句安慰我的話：據他所知，所有的天才最後都要變成笨蛋。比方說他自己，原來也是個天才，現在變成了一個「沒了味的老屁」。這段話在英文裡並不那麼難聽，是翻成中文才難聽的。如此說來，從天才變老屁是個普遍規律，並且這個事件總發生在男人四十多歲的時候；具體到我舅舅這個例子，發生在他和小姚阿姨結婚前後。這件事也反映到了他的小說裡，結婚前他寫的小說裡「口」很多，婚後「口」就少了，到他被電梯砸扁前幾個月，他還寫了一篇小說，現在印出來一個「口」都沒有。當然，這也要看是什麼人，從事什麼樣的事業。有些人從來就證不出最簡單的數學定理，寫的小說也從來就不帶「口」，還有些事業從來就顯不出天才。女人身上也有個類似的變化，從不穿衣服更好看，變到穿上一點更好看。這個事件總發生在女人三十多歲的時候。當然，這也要看是什麼女人和什麼衣服，有些女人從來就是穿上點好，有些衣服也從來就是穿了不如不穿。原來我打算以此爲主題寫寫我舅舅和小姚阿姨，但是有關各方，包括上級領導、「傳記報」編輯部，還有我舅舅小說的出版商都不讓這樣寫，他們說：照我這個邏輯，大家不是已經變成了老屁，就是從來就是老屁；不是已經變成了「遮著點」好，就是從來都是遮點好。現在四十多歲的男人和三十多歲的女人太多了，我們得罪不起。因此我就寫了我舅舅和F這條線索。誰知寫著寫著，還是通不過了。早知如此，就該寫小姚阿姨。作爲我舅舅的遺孀，她一點都不在乎我把我舅舅寫成個老屁。對於這件事，她有一種古怪的邏輯，根據這種邏輯，她說：這麼一來，我們就扯平了。

我說過，我舅舅很年輕時就得了心臟病。醫生對他說：你不能上樓梯，不能嗆水，不能抽菸喝酒，不能……，有很多不能；其中當然包括不能做愛。但是大夫又說：只要你不想活了，想幹什麼都可以。領導對我們說：只要你不出格，寫什麼都可以。這兩句話句式相似，意思卻相反，想活和出格的意義完全相悖。所以我舅舅一旦不想活了，就可以幹一切事，而我們不出格，就什麼都不能寫。我舅舅一直很想活，所以假如哪天回家時看到電梯停了電，就在樓下等著。到天黑時還不來電，他就叫一輛出租車到我家來，和我擠一張床。我那張床一人睡還算寬敞，再加上一條九十公斤的壯漢，地方就不夠了。因為這個緣故，新婚之夜他對小姚阿姨說，睡吧。第二天早上他醒來時，看到小姚阿姨睡在他懷裡，當時她有一對純天然、形狀美好的乳房，身體其它部分也相當好看。我舅舅看了以後，馬上就變了主意，不想活了。他立刻奔回家來給自己料理後事，把沒有寫完的小說都寫完，並且搜羅腦子裡有關數學的主意，把它們都寫成論文投寄出去。這些事幹得太匆忙了，所以小說沒有寫好，論文也帶有老屁的味道。他這個人獨往獨來慣了，做這些事的時候，忘掉了、或者根本就不會想起要和小姚阿姨打個招呼。後來他倒是托我告訴小姚阿姨，他忙完了就回去。我回去以後總是忘記把這話告訴小姚阿姨。所以她現在懷疑，這段時間裡，我舅舅在和F做愛，天天雲雨不休。那位F穿了一件白底帶黑點的襯衫、一條黑裙子，脖子上繫著黑綢帶，內衣是黑色的。小姚阿姨告訴我說，她從來不穿黑色的內衣，因為覺得太不正經。這一點我倒沒有想到。總而言之，我舅舅再回到小姚阿姨那裡時，頭頂已經禿了，皮膚變成了死灰色，完全是個老屁的模樣。他要求和小姚阿姨做愛，小姚阿姨也答應了，但是覺得又乾、又澀、又難為情，因為「你舅舅那個大禿腦袋像面鏡子，就放在我胸口上！」

小姚阿姨告訴我這件事時，我在她家裡。我說道：不對呀。你說過，我舅舅是個善良的人，和他做愛很快樂，現在怎麼變成了又乾又澀呢？她就把自己的拳頭放在嘴裡咬了一口說：我說過的嗎？我告訴她時間、地點、上下文，讓她無法抵賴。這是我們史學家的基本功。不過，時間地點上下文都可以編出來。她說：不記得了。又說：就算說過，不能改嗎？我對後一句話擊節讚賞，就說：你別學物理了，來學歷史吧。我看你在這方面有天才，我招你當研究生好了。她愣了一下說：你說話可要算話呀。這話使我又發了一陣子愣，它說明女人沒有幽默感，就算有一點，也是很有限。其實我並不想招她當研究生，而且今年上面很可能不讓我招研究生——我已經出格了。

現在該說說我出格的事了。有一天早上，我收到一張傳票，讓我到出版署去一趟。到了那裡，人家把我的史學執照收去打了一個洞，還給我開了三千元的罰單讓我去交錢。因為執照上已經有了三個洞，還被停止著述三個月，並且要去兩星期的學習班。此後每天都要去出版署的地下室，和一幫小說家、詩人、畫家坐在一起。有一位穿黑皮茄克的女孩子坐在主席位子上，手裡拿了一根黑色的藤棍，說道：大家談談吧。新來的先談。你怎麼了？我羞答答地說：我直露。她砰一聲把藤棍抽到卷宗上，喝道：什麼錯誤不能犯，偏要直露！你是幹啥的？我說：史學家。她又砰地抽了一下桌子，說道：史學家犯直露錯誤！新鮮啊。以爲我們不查你們嗎？我低聲下氣地檢討了一陣子。等到午餐時間，我和她去吃飯，順便把給她買的綠寶石項鍊塞到她包裡。她笑吟吟地看著我，說：小子，不犯事你是不記得我呀。我當然記得她，她是個眞正的虐待狂，動起手來沒輕沒重。如果求別人有用的話，絕不能求她；但我的執照上已經有了三個洞，不求不行了。我說：我想考張哲學執照。她說：有事晚上到家裡去談吧。鑰匙在老地方……帶上一瓶人頭馬。我擦擦臉上的汗水，說道：我去。於是她站了起來，揮了一下藤鞭說：下午我有別的事。誰欺負你了，告訴我啊。

我在學習班裡，的確很受欺負，但這不意味著我要找督察（就是那位穿黑茄克的女孩，她也是師大歷史系畢業的，所以是我的師妹）告狀。下午分組討論時，聽到了很多損我的話。有位小說家陰陽怪氣地說：我以爲犯直露錯誤是我們的專利哪。還有位詩人說：這位先生開了直露史學的先河，將來一定青史留名。有位畫家則說，老兄搞直露史學，怎麼不通知兄弟一聲？讓我也能畫幾張插圖，露上一手。這種話聽上一句兩句不要緊，聽多了臉上出汗。我禁不住要辯解幾句：諸位，我寫的是我家裡的人，是我嫡親的娘舅。所以雖然犯了直露錯誤，還有些有情可原的地方。結果是那些人哄堂大笑起來，說道：以前還不知道，原來史學家幹的就是這樣的事呀！這種遭遇使我考哲學執照的決心更加堅定了。衆所周知，哲學家很少會出格，就是出了格也是宣傳部直接管，不會落到層次如此之低。

第四章

1

我到出版署的那個女孩家裡去，帶去了一瓶人頭馬。她住在郊區的一所花園公寓裡，院子裡有一棵櫻桃樹。每回我到她那裡去，她都要帶我去看那棵樹。那棵樹很大，彎彎曲曲的，能供好幾個人上吊之用，看到它，心裡就有一種不祥的預感。晚上花園裡黑森森的，一棵老樹一點都不好看。看完了那棵樹回到客廳裡，她讓我陪她玩一會兒，還說：輕鬆一下。咱們是朋友嘛。最早一回「輕鬆」時，我是前俄國海軍上將波將金，這個官兒著實不小；但她是沙皇葉卡婕琳娜。所以我要單膝下跪去吻她的手，並且帶來了一個蛋糕，說是土耳其蘇丹的人頭。她讓我把它全吃下去，害得我三天不想吃飯。上一回她是武則天；我是誰就不說了，免得辱沒了祖宗——總而言之，我奏道：臣陽具偉岸，她就說：拿出來我看看——就這個樣子也叫偉岸。搞得我很難堪。這一回她不過是個上世紀的女紅衛兵，紮了兩條羊角小辮，身穿綠色軍裝，手舞牛皮武裝帶，而我穿了一件藍色中山服，頭上戴了紙糊的高帽子。她大喝一聲道：你們這些知識分子，三天不打，皮肉就發癢啊。我則哭咧咧地答道：思想沒改造好——噢！錯了，回小將的話，思想沒改造好嘛。她說：「那就要先觸及你的肉體，後觸及靈魂。你可有不同意見？」我說：小的哪裡敢。她說：胡扯。「小的」是什麼時候的話，虧你還是史學家。我還眞不知該說些什麼（紅衛兵哪有打人前問被打者意見的？），只好說：就算我罪該萬死，你來砸爛狗頭好了。然後她就說：去！刷廁所！我去刷洗了廁所、廚房，回來的時候四肢痠痛，遍體鱗傷。奇怪的是她好像比我還要累，但要把我背上的瘀傷算在內，也就不奇怪了。後來她往沙發上一躺，說道：和歷史學家玩，眞過癮！二十世紀眞是浪漫的世紀，不是嗎？但我實在看不出它有什麼浪漫的。假如讓我來選擇，我寧願當波將金。這就是說，我以爲十八世紀更加浪漫。但我也不想和督導大人爭。

後來我就是哲學家了，這件事是這麼發生的：我交了一篇哲學論文，通過了答辯，就得到了哲學博士學位，憑此學位，就拿到了哲學家的執照，前後花了兩個月的時間。考慮到出版署執照處文史督導，也就是我師妹給我打了招呼，這個速度還不算太快。但假如沒有人打這個招呼，我就是亞里士多德以來最偉大的哲學天才了。我現在有兩張照，一張是粉紅色的，上面有三個洞。另一張是大紅色的，嶄新嶄新，也沒有洞，像處女一樣。從皮夾裡拿出來一看，感覺眞好。但我要時刻記住，我不是武則天，不是葉卡婕琳娜，也不是紅衛兵。從本質上說，我和我舅舅是一類的人。雖然我舅舅拿不到執照，我能夠拿到執照，但我拿到了執照，也只是爲了在上面開洞。用督導大人的話來說，這就叫賤。我和我舅舅一樣，有一點天才，因此就賤得很。

「傳記報」來約我把我舅舅的傳記寫完，並且說，我想啥就寫啥，他們連稿都不審了。這個故事告訴我們說：同樣一件事，如果你說是小說家的虛構，問題就很嚴重，假如說成歷史實事，問題就輕微，但還有問題。假如你說它是高深的隱喻，是玄虛的象徵，是思辨的需要，那就一點問題都沒有了。在第一種情況下，你要回答：你爲什麼要虛構成這樣，動機何在，是何居心，簡直一點辯解的餘地都沒有。在第二種情況下，你固然可能辯解說這件事眞的發生過，人家也可以把眼一瞪，說道：我覺得這種事就不該發生！在第三種情況下，則是你把眼一瞪，說道：要我解釋爲什麼這麼寫？我解釋出來，你能聽懂嗎？很顯然，這最後一種情形對作者最爲有利，這也是我拚命要拿哲學照的原因。報紙關心這些事的原因是：作者出了問題，報紙也會被停刊、罰款。所以我舅舅的傳記又開始連載時不叫人物傳記，而叫哲理小說了。讀者反應還不壞，有人投書報社說，狄德羅寫過「拉摩的侄子」，現在我們有了「我的舅舅」，實在好得很。還有人說，不管它是人物傳記也好，哲理小說也罷，總之現在又有得看了。討厭的是哲學界的同行老來找麻煩，比方說，有一位女權主義哲學家著文攻擊我說：「我的舅舅」描述的實際上是一個父權制社會下個人受壓制的故事，可惜這個故事被歪曲了。那位舅舅應該是女的（這樣她就不是我舅舅，是我的姨媽），而F應該是男的（這樣他就不叫F，叫作M）。這眞叫扯淡，我舅舅是男是女，我還不知道嗎。有一個公開的秘密想必你也知道了：大多數女權主義哲學家，不管她叫菊蘭也好，淑芬也罷，淨是些易裝癖的男人，穿著高領毛衣來掩飾喉結，裙子底下是一雙海船大小的高跟鞋，身上灑了過量的香水，放起屁來聲動如雷；搞得大街上的收費廁所都立起了牌子：哲學家免入。你可以說我舅舅是數學家、小說家，但不能說他是哲學家；故而不管他所處的社會是不是父權社會，他都是男的。當然他也可以說，他不過湊巧是男的罷了。

說到我舅舅是男的，我就聯想到我的哲學論文。衆所周知，我是免了資格考試去拿哲學博士的，這種情況非常的招人恨。學位委員會的人勢必要在答辯時給我點顏色看，故而做什麼論文十分關鍵。假如我做科學哲學的論文，人家就會從天體物理一直盤問到高深數學，稍有答不上，馬上就會招來這樣的評語：什麼樣的阿貓阿狗也來考博士！學兩聲狗叫，老子放你過去。我做的是歷史哲學論文，結果他們搬出大篆、西夏文、瑪雅文來叫我識，等到我識不出來時，他們就叫我自殺。我賴著不肯死，他們才說：知道你有後門我們惹不起。滾罷，讓你通過了。從以上敘述可知，哲學本身不可怕，可怕的是相關學科。女權主義哲學其實是最好的題目，只要你男扮女裝到學位委員會面前一站，那些女委員都會眼前一亮。再說，除了花木蘭、樊梨花，她們也眞盤問不出什麼了。這種情況可以說明現在女權主義哲學家爲什麼特別多。我師妹也勸我做女權主義哲學，她說在這方面朋友多。我寧願忍辱偷生，也不肯扮作女人。雖然我已說過，身爲婦女兒童，不管是眞還是假，都是一個護身符。還有一個最管用的護身符，那就是身爲低智人。

2

我舅舅和F熟了以後，就常到F家裡去作客，有時候他是臭老九，有時候他是波將金，有時他是猶太人；F有時是紅衛兵，有時是女沙皇，有時是納粹。在我的故事裡，他始終也沒有變成老屁，始終保持了一頭黑油油的頭髮和沉鬱的神情。這和歷史不符，但我現在是哲學家，另有所本。所謂沉鬱的神情，實際是創造力的象徵。這是生命的一部分。我說我舅舅到死時還保有創造力，這也與事實不符。其實，在這個意義上，生命非常短暫。有的人活到了三十歲，有人活到了四十歲，有的根本就沒活過。我們知道，海明威在六十歲上感到自己喪失了創造力，就用獵槍把腦子轟掉。川端康成在七十歲上發現自己沒有了創造力，就叼上了煤氣管。實際上，從喪失了創造力到自己覺察到，還要很長一段時間。他們兩位實際死掉的時間要早得多。

我現在還保有創造力，有關這一點，小姚阿姨是這麼說的：你有點像你舅舅，就是比他壞得多。而我那位作督察的師妹有另一種表達方式：一見到就想揍你一頓！衆所周知，挨揍不是什麼好滋味。她爲什麼那樣的愛揍我是一個謎。她的頭髮有點自然鬈，膚色黝黑，總愛穿黑色的內衣。她還有件夏天穿的綢紗上衣，是白底黑點的，領子上綴了一條黑絲帶。說實在的，我就怕執照出毛病，但還是出了毛病。我給我師妹打電話，她說：連哲學照你都給弄上了洞，本事眞不小啊！說吧，這一回你想要什麼照？我說：這回什麼照都不想要。你能不能介紹我到出版署工作？她沈吟了一陣說：師哥，你可要想好了。你要是在我們這裡工作，寫什麼是都方便。但是出了毛病，就要往腦袋上打洞了。我說：打就打。晚上我到你那裡去，要不要再帶瓶人頭馬？這件事告訴我說，所謂創造力，其實出於死亡的本能。人要是把創造力當成自己的壽命，實際上就是把壽命往短裡算。把吃飯屙屎的能力當作壽命，才是益壽延年之妙法。

我和我舅舅不同的地方是我有點駝背，皮膚蒼白，胸前只有一些肋骨，沒有肌肉。這是很不體面的，所以我加入了一個健身俱樂部，到那裡去舉啞鈴，拉拉力器。練了一天，感覺肌肉痠痛，就再也不去了。夏天我也到海濱去過，在那裡的沙灘上曬太陽，不過我又沒耐性在沙灘上躺太久。所以我的皮膚還是像張白色的無光紙。唯一像我舅舅的是那桿大槍，我師妹見了這個模樣就捂著嘴笑起來說：師哥，你眞是逗死了——快收起來吧。我不是我舅舅，我師妹也不是F。我覺得她有點喜歡我，因此很放鬆，嘻嘻哈哈的，再加上她老叫我「收起來」，所以什麼事也搞不成。因爲這個原故，後來我就沒當成出版署的公務員，也沒當上我的師妹夫，這後一種身分又稱「出版署家屬」，非常好的護身符。我還拿著打了兩個洞的哲學執照鬼混——用它還能把我舅舅的故事寫完，以後怎麼辦，再想辦法吧。

下篇：我自己

第一章

1

我被取消了身分，也就是說，取消了舊的身分證、信用卡、住房、汽車、兩張學術執照。連我的兩個博士學位都被取消了。我的一切文件、檔案、記錄都被銷毀——紙張進了粉碎機，磁記錄被消了磁。與此同時，我和公司（全稱社會治安綜合治理公司）的錢財帳也兩清了——這筆帳是這麼算的：我的一切歸他們所有，包括我本人在內；他們則幫我免於進監獄。公司的人對我說，假如把你移交給司法機關，起碼要判你二十年徒刑，還可以在你頭上打洞，但是我們也不希望發生這樣的事——這說明我們的工作沒做好。他們給了我一個新的身分，我的名字叫M，我有一張蹩腳中學的畢業文憑，讓我在一個建築公司當工人，還給了我五塊錢——考慮到我在銀行裡的五十萬塊存款都將歸公司所有，只給這一點錢眞是太少

——然後開車送我去新的住處，有一樣東西不用他們給，就是我的新模樣。安置以前我有一點肚子，甚至可以說是發胖，現在已經尖嘴猴腮了。

有一件事必須補充說明，我現在犯的不光是直露錯誤，還有影射錯誤，因而萬劫不復了。這後一條錯誤是公司的思想教育研究會發現的。我絕不敢說公司這樣檢舉我，是爲了擴大自己的營業額。我只是說，有這麼一回事。

這個故事到此就該重新開始：某年某月某日下午，有一個M，他是個又瘦又高、三十歲的男子，穿著一件寬大的白色絲襯衣，一條黑色的呢料褲子，一雙厚底的皮鞋，鑽進了一輛黑色的大汽車（這輛汽車和殯儀館的汽車有點像，並且也被叫作送人的車），前往東郊一個他不認識的地方。有兩個穿黑衣服的男子陪他同去，並且在汽車後座上不斷地敲打他的腦袋，拍打他的面頰，解開他襯衣的領扣，露出一小片蒼白、削瘦的胸膛，說一些尖酸的話，但是意在給他打氣。後來汽車在一座上世紀五十年代建成的舊磚樓前停了下來，同去的人在他後背上推了他一把說：你到了，並且遞給他一張窄行打印紙，說：該記著的事都在上面。M從車上下來，走了幾步，拍了一下前門，司機把玻璃放下來。M說：能給我幾支煙嗎？司機取出一個烟盒，往裡看了看，說道：還有六支。遞給他，並且問道：還有事嗎？M搖搖頭，轉過身去，汽車就從他身後開走了。

此時天色將暗，舊樓前面有很多亂糟糟的小棚子。因爲天有點涼，M打了一個寒噤。然後他就走到那座舊樓裡去，爬上磚砌的露天樓梯。那張打印紙上寫著「四〇七」，也就是四樓七號。走廊上一盞燈都沒有，所以也看不出哪裡是幾號。於是他隨手敲了一家的房門，門開時，一個小個子女人用肩膀扛住門扇。M想，我應該讓她看個清楚，以免她不信任我，就一聲不響地站著。從敞開的門裡，傳來一股羊肉燉蘿蔔的氣味。據我所知，M既不喜歡吃羊肉，也不喜歡吃蘿蔔，所以他對這股氣味皺起了鼻子。那女人看清他以後讓開了門，把頭往裡一擺，M就走進去。這間房子裡很熱，因爲有個房間裡生了火。她用手一指說：往裡走，給我看著孩子，飯一會兒就得。M就朝裡面走去，繞過了破舊的冰箱、破爛的家具，走進一間尿味撲鼻的房間，這裡有兩個小床，床上躺了兩個嬰兒，嘴裡叼著橡皮奶嘴，瞪著眼睛看著他。M想道，你們千萬不要哭，哭起來我眞不知怎麼辦好。這間房子裏點了一盞昏黃的燈。那個女人在廚房裡說：你會做飯嗎？M說，不會。她又問：會不會鼓搗電器？他想到自己過去學過物理，就說：會一點。於是她說：那還好，不是白吃飯。

在被重新安置（也就是說，被取消了舊身分，換上新身分）之前，我上過兩星期的學習班。如前所述，參加學習班原本就是我生活的一部分，但這回和以往不同：除了讓你檢討錯誤，還講一些注意事項。最重要的是，我們不要回到原來住的地方，也不要和過去認識的人取得聯繫，假如這樣做了的話，「重新安置」就算無效，我們過去犯的錯誤也就不能一筆勾銷了。我們當然明白，這是暗示我們將住監獄。重新安置了以後，我們既沒有妻子（或者丈夫），也沒有兒女。假如原先有，公司也會替我們處理，或者離婚，或者替我們撫養。要知道我們這些人都是挺有錢的，現在一切都歸他們了。我記得講到這裡時，會場上一片不滿的噓聲。公司的代表不得不提高嗓音說：這就夠好的了，要知道在上個世紀，你們這些人不是去北大荒，就是去大戈壁，而現在你們都安置在北京城裡！作爲一個史學家，我不用他提醒我這個。我只關心重新安置了以後，活不下去怎麼辦。公司的代表回答說，假如大家都活不下去，就會產生新的治安問題。他們不會讓我們活不下去的。我們會有新的家庭，新的妻子或者丈夫，這些公司會安排。我認爲，我未來的妻子是什麼樣的，最好現在就形容一下。但公司的代表認爲，這不是我該、或者我配關心的問題。

還有一個問題，我們這些人可不可以互相聯繫，以便彼此有個照應？公司的人說：絕對不可以。我們之間不能橫向串連，也許公司會安排我們彼此認識，除此之外，一切聯繫都不可以有。這些問題都明確了以後，我就開始想像，在公司給我安排的新家裡有什麼。我怎麼也沒想到會有一個半老不老的婆子，還有一對雙胞胎。還有這麼辛辣的騷味。在昏黃的燈光下，我四處張望，看到這座舊磚樓滿是裂縫，還有一隻大到不得了的蟑螂爬在房頂上。我必須吃我不愛吃的羊肉蘿蔔湯，還要在這間騷哄哄的屋子裡和那個小個子女人做愛——這是那種一間半一套的房子，除了這個大房間，還有一間小得像塊豆腐乾。那個小個子女人臉上滿是皺紋，額頭正上方有一絡白頭髮——這些事情我都不喜歡，很不幸的是，它們沒有發生。

後來那個女人看了我拿的那張窄行打印紙，發現我該去四〇七，而這裡是四〇八，就把我攆到隔壁去了。那間房子敞著門，滿地糞土和碎紙片。我不必吃不喜歡的羊肉燉蘿蔔了，這是個好消息。壞消息是什麼可吃的都沒有，連晚飯都沒有了。

2

M重新安置後的第一個夜晚在四〇七室度過。這套房子的玻璃破了不少，其中一些用三合板、厚紙板堵上了，還有不少是敞開的，張著碎玻璃的大嘴。這房子和四〇八是一樣的，在那個大房間的地下放了一個舊床墊，還有一個舊冰箱，有一盞電燈掛在空中，但是不亮。奇怪的是，打開冰箱的門，裡面的燈卻是亮的。他借著冰箱裡的燈光檢查了這間房子，看到了滿地的碎玻璃。當然，冰箱裡除了霉斑、一個爛得像泡屎的蘋果之外，什麼都沒有了。後來他就在那個床墊上睡了一夜，感覺到了床墊裡的每一根彈簧。凌晨時分他爬了起來，就著晨光在暖氣片上找到了一盒火柴，一連吸了三支煙，還看到一隻老鼠從房子中間跑過去了。後來他就出門去，想到附近撿點垃圾——另一個說法是別人廢棄的東西——來裝點這間房子。但是在這片破舊、快被拆除的樓房附近，想揀點什麼還眞不容易——除了爛紙、塑料袋子，偶爾也能見到木製品，但是木頭已經糟朽掉了。

我扛著一把白色的破椅子回家時，又想起我那輛火鳥牌賽車來。那輛車是我從公司的拍賣場買來的，買的時候嶄新，而且便宜的叫人難以置信。後來我又把它開回公司的拍賣場，這叫我對因果報應之說很感興趣了，因爲我知道，這輛嶄新的車還會以便宜到令人難以置信的價格賣掉。假如一個人死了，他生前穿的衣服也只能很便宜地賣掉，尤其是他斷氣時穿的那一件。所以到公司的拍賣場去買東西，不僅是貪小便宜，而且性格裡還要有些邪惡的品性。我在車裡留了一盤錄音，告訴在我之後那個貪小便宜的傢伙這些事，並且預言他也會被重新安置。這是因爲敢貪這種小便宜的人膽子都大，而膽子大的人早晚都要被安置。沒了這輛車，到哪裡都要走路，實在不習慣，除此之外，我還穿了不合腳的皮鞋，這更加重了我的痛苦。扒了半天的垃圾，我身上的白襯衣也變成灰色的了。

我就這麼一瘸一拐地扛著椅子走回家來，發現那張破床墊上坐了一個女人，梳著時髦的短頭髮，大約二十四五歲，長得也很時髦——也就是說，雖然細胳膊細腿，但是小腿上肌肉很發達，看來是練過——但是穿得亂糟糟。上身是件碎玻璃式的府綢襯衫，下身是條滿是油漬的呢裙子，腳下是一雙皮帶的厚底鞋，四邊都磨起了毛。她看到我回來，就拿出一張窄行打印紙來，問這裡是不是四〇七。我把椅子放下來，坐在上面說：把這破紙條扔了吧，現在沒有用了。而且我還對她說：你原該穿件舊衣服的，現在天涼啊。

我說過，在被重新安置之前，有一陣子我總得到公司裡去。那時候我和往常一樣，開了一輛紅色的火鳥牌賽車，但我那陣子總穿一套黑色西服，好像家裡死了人，這可和往常不一樣。最後一點是公司要求的，他們還要求我們在胸前佩戴個大大的紅D字。這一點叫人想起了霍桑的「紅字」，公司的人也知道，所以笑著解釋說：諸位，這純屬偶合。他們提供做好的紅字，底下還有不乾膠，一黏就能黏上。我還發現這種膠留下的汙漬用手一搓就掉，不汙衣服，當時以爲公司在爲我們著想，後來發現不是的。在重新安置那一天，坐上送人的車之前，送我的人上下打量了我幾眼，說道：把衣服脫下來。他看我目瞪口呆，就進一步解釋說：你跟公司定的合同裡有一條，重新安置以後，你原有的一切財產歸公司所有——還記得吧？我這才恍然大悟道：衣服也算？他說：廢話！這麼好的衣服，怎麼能不算？按照他的原定方針，就要把我扒得只剩一條短褲。說了好半天，才把長褲和襯衣保住了，至於我現在穿的這雙厚底皮鞋，是用一雙鱷魚皮的輕便鞋和送人的傢伙換的。那些傢伙都是從貧困地區雇來的農民工，財迷得要命。他們還說：你今天就該穿幾件舊衣服——現在天涼啊。這件事可以說明公司爲什麼要提供不汙損衣服的不乾膠：爲了剝我們。它也能說明該女人出現在我面前時，爲何衣冠不整。我聽說公司也雇了一些女農民工，而且女人往往比男的更財迷。我以爲拿這個開玩笑很有幽默感，但是那個女人很沒幽默感地說道：你現在說這個已經晚了。後來她還一本正經地從床墊上站了起來，把手伸給我，做了自我介紹，我也一本正經地吻了他的手，告訴她，我是何許人也。這樣我們就在落難時表現了君子和淑女的風度，但是不知表現給誰看。她說她是畫家，搞現代藝術搞到這裡來了。我說我是史學家、哲學家，寫了一本「我的舅舅」，把我自己送到這裡來了。她說她聽說過我；我說眞抱歉，我沒聽說過她，所以我就不能說久仰的話了。

後來在那間破房子裡，我們生造了很多新詞，比方說，安置後——重新安置以後，安置前——重新安置以前，錯誤——安置的原因；以此來便利交談。晚上睡覺時有兩個選擇：睡床還是睡板。睡床就是睡在破床墊上，睡板則是睡在搭在磚頭上的木板上。我總是堅持睡板，表面上是對女士有所照顧，其實我發現板比床舒服。這位女士告訴我說，她的錯誤是搞了現代藝術，我對這一點不大相信。衆所周知，男人被安置的原因大多是「思想」錯誤，女人被安置的原因大多是「自由」錯誤。所謂自由，是指性自由。當然，我也沒指望一位女士犯了這種錯誤會和男人說實話。

有關這個女人的事，我可以預先說明幾句：她先告訴我說，她是畫家，後來又說自己是個「雞」，也就是高級妓女。後來她又說自己是心理學家。我也不知該信哪個好了。我對她的態度是：你樂意當什麼，就當什麼好了；而且不管你說自己是什麼，我都不信。我開頭告訴她，我是史學家，後來說我是哲學家，最後又說自己是作家，說的都是實話，但也沒指望她會信，因爲太像信口開河了。我們倆如此的互不信任，不能怪我們缺少誠意，只能怪眞的太像是假的，假的又太像眞的了。

3

假如我叫M的話，和我住在同一間房子裡的那女人就該叫作F了。在安置前，所有的F和M都在公司的地下車庫辦學習班，那車庫很大，我們在一頭，她們在另一頭，從來不聚在一起，但是有時在路上可以碰見。我們M胸前佩了D字以後，多少有點灰頭土臉的感覺，走到外面低頭駝背，直到進了車庫才能直起腰來。而F則不是這樣。她們身材苗條、面目姣好，昂首挺胸地走來走去，全不在乎胸前的D字。假如和我們走到對面，就朝我們微笑一下，但絕不交談。我的一位學友說，她們都是假的，是公司雇來的演員或模特兒。看上去還眞有點像，但這位學友是懷疑主義哲學家，犯的是懷疑主義錯誤；假如不是這樣，我就會更相信他的說法。順便說一句，這位學友一點骨氣都沒有，成天哭咧咧地說：我的懷疑主義是一種哲學流派，可不是懷疑黨、懷疑社會主義呀！假如一隻肥豬哭咧咧地對屠夫說：我是長了一身膘，但也沒犯該殺之罪呀，後者可會放過它？當然，沒有骨氣的人，看法不一定全錯，但我更樂意他是錯的。現在我房間裡有一個F，似乎已經證明他錯了。

上完班疲憊地走回家，發現這間房子完全被水洗過了，原來的燥氣、塵土氣，被水汽、肥皂氣所取代；當我坐在床墊上解鞋帶時，F從廚房裡出來，高高挽著袖子，手被冷水浸得紅撲撲的。她對我說：把襯衣脫下來，現在洗洗，晚上就乾了。這時我心情還不壞。後來我光著膀子躺在爛床墊上說：你哪天去上班哪？問了這句話以後，心情就壞了。

我已經說過，安置後我是個建築工人，所以我就去上班。在此之前，我對這個職業還有些幻想，因爲建築工人掙錢很多，尤其是高空作業的建築工。上了班之後這種幻想就沒有了。他們把我安置到的那個地方名叫某某建築公司，卻在東直門外一個小胡同裡，小小的一家門面房，裡面有幾個面相凶惡的人，而且髒得厲害。其實這是個修理危舊房屋的修建隊。人家問我：幹過什麼？我說：史學家、哲學家等等。對方就說：我們是建築隊——你會幹什麼？我只好承認自己什麼都不會，人家就叫我去當小工。這時候我又暗示自己可以記記帳，做做辦公室工作，人家則狠狠地白了我一眼。於是我就爬上房去，手持了一根長把勺子去澆瀝青，還得叫一個滿臉粉刺的小傢伙「師傅」。下班時那小子說：明天記著，一上了班，先要給師傅「上煙」——咱們是幹一天拿一天錢，不合意可以早散伙。我答應著「哎」，心理卻在想：給死人是上香，給你是上煙，我就當你死了吧。瀝青是有毒的，聞了那種味直惡心；房頂上沒有遮陰的地方，晒得我頭暈腦脹；我兩個胳臂疼得像要掉下來——假如掉下來就不疼，我倒希望它們掉下來；這個工作唯一的好處，就是每天算一次帳，當天就有工資，解了我的燃眉之急。我上班的情形就是這樣。

現在該說說那個D的含義了，公司的人說，D是delivery（發送）之意。安置就是把我們發送出去。聽了這個解釋之後，我就覺得自己是個郵包，很不自在。他們說，我們這種包裹有兩種寄法，一是寄給別人，二是寄給我們自己。在前一種情況下，必須要有肯要我們的人，舉例言之，四〇八那位太太，她是個退休的小學教師（有二十年教齡就可退休，所以她年齡不太大），四十二歲結了婚，四十三歲生了雙胞胎，同時遭丈夫遺棄，就到公司去申請了一個丈夫。頭天晚上，她以爲我就是那個郵包——這種錯誤是可以想像的——嫌我太瘦弱，但沒有說。後來她收到了眞的丈夫，是個出租車司機，同時又是個假釋的刑事犯（公司的業務也包括安置這種人），雖然不瘦弱，卻天天揍她，還說：你敢去公司訴苦，我就宰了你；但這都是後話了。我和F屬於後一種情況，在公司學習時，他們說，對這類情形要實行三搭配：男女搭配，高低搭配，錯誤搭配。第一條是指性別，第二條是指收入，最後一條指什麼我也不知道。說實在的，我對第二條抱很大希望，因爲我已經是個每天只掙二十塊錢的小工了，她再掙得少，那就沒法活。我問她哪天去上班，她說：我已經上班了。我問：在哪兒？她說：在這兒。公司給我安置的職業是家庭主婦。聽了這話，我都快暈過去了。她還怕我暈不掉，從廚房裡跑出來說，我給你做家務，你可要養我呀！我萬分沮喪，無可奈何地說：安置前你怎不這樣講？

衆所周知，二十一世紀女權高漲，假如有位女士對男友說：我讓你養我，這是至高的求愛之詞。安置之前假如有位女人對我這麼說，我一定會養她，除非她是安徽來的小保姆。而不養安徽小保姆，絕非因爲藐視那個省份，而是一養就要養一大批人，包括她爹媽、她七大姑八大姨，還有堂兄表弟之類，而且這些表兄弟裡還有一個是她指腹爲婚的未婚夫，就在你眼皮底下不乾不淨；這種現象被人叫做「徽班進京」，多的時候一班有一二百人。所以，男人養了一個女友或是妻子，實在是體面得很，但是很難養到。有位女士說過：誰要養我，必須滿足三個條件：1.長得要像阿波羅（指雕像）；2.陰莖不短於八英寸；3.年收入在百萬元以上。這些條件，尤其是第二條，極難滿足——因爲中國男人很少長這麼長，而且這麼大並無用處，所以也就是瞎說說罷了——所以男人家裡很少有主婦。倒是有時到某位女士家裡作客時，能看到一位很體面的小伙子。主人指著他說：我先生，我養著他。偷偷和他聊幾句時，他皺著眉頭說：沒辦法，想過家庭生活——與此同時，聽到河東獅吼：你們在幹啥？要搞同性戀嗎？他趕緊灰溜溜去陪老婆，不敢像主婦那樣吼起來：我和人說幾句話也不行嗎？這說明男人的條件不那麼苛刻。綜上所述，有女人要我養，我不能拒絕。我只能委婉地和她算這本帳：每天二十塊錢，咱們兩個人，怎麼活呀。

F告訴我說，只要省吃儉用，兩個人花二十塊錢也能活。吃的方面，我們只吃粗茶淡飯，她決不追求比我吃得好；穿的方面她也可以湊合，只是要買一兩件時裝和幾件內衣（我皺著眉頭指出，這些東西貴得很），再加上一點起碼的化妝品，衛生用品，她就不再要求什麼了。我知道這是要求我每年出勤三百五十天，天天腰痠腿疼，生不如死。這樣規劃了以後，她就把我今天的全部工資搜去，一個子兒也不留。然後她到廚房裡去做飯，我則躺倒在舊床墊上長噓短嘆。

4

從前述的情節裡，你一定能想到安置是四月底的事。那時候北京常是陰雨天氣，就是不下雨，天也陰得黃慘慘的。就算是風和日麗，我也沒有好心情。到了五月初，天就會連續晴朗。五月一日放假，當然也沒有工資。我心情比初安置時好了一些，像一個男人一樣收拾了這間房子，用揀來的塑料薄膜把窗子上的碎玻璃補上，然後爬上房頂，用新學會的手藝修補漏雨的地方。在幹這件事的同時，憑高眺望這片拆遷區。當然，景色沒有什麼出奇之處。在四周玻璃大廈的藍色反光之下，這裡有十幾座土紅色的磚樓，樓前長著樹皮皴裂的赤楊樹。樓前面還有亂糟糟的小棚子，是多年以前原住戶蓋起來的，現在頂上翹著油氈片。我還看到最北面那座樓房正在拆，北京城和近五十年來的每個時期一樣，在吐出大量的房渣土。這個景象給我一個啓迪，我從房頂上下去對F說：等我們這座樓被拆掉時，就可以搬出去住好房子了。她笑吟吟地看著我說：住好房子？付得起房租嗎？這使我相當喪氣，但還是不死心，說道：也許我可以考個電工什麼的；你也可以去考個秘書，這樣可以增加收入。她繼續笑了一下，就轉過身去。然後我就更喪氣地想到了和公司定的合同：服從公司的安置，不得自行改換工作。我很可能要當一輩子的小工，住一輩子拆遷區。本來我還想下午去外面找找，看哪個廢棄的房間裡有門，把它拆回來安在自己家的衛生間裡；但是我沒了情緒，就在床墊上躺過了那一天下餘的時間。那一陣子我總是這樣沒精打彩——因爲實在沒有什麼事可高興的。

有關我想考電工的事，還有必要補充幾句。人到了我這個地步，總免不了要打自己的主意，想想還能做點什麼。作爲一個物理系的畢業生，很容易想到去考電工。而作爲一個喜歡在公路上和人賽車的人，我又想去考垃圾車司機。這些奇思異想都是因爲當小工太累，掙錢又太少，還有受那個小兔崽子師傅的氣。每次我說起這類的話頭，F總是那麼乾脆地打斷我。假如她能順著我說幾句，我也能體驗一點幻想的快樂。這娘們沒有一點同情心。

「我的舅舅」得了漢語布克獎，爲此公司派車把我從工地上接了去，告訴我這個消息。這個獎的錢不多，只有五千塊，在我現在的情況下算是一筆款子了。我向來是喜怒不形於色的，但是當坐在我對面的公司代表說「祝賀我們吧」時，還是面露不快之色：這和你們有什麼關係？他說：怎麼沒有關係？你忘了我們的合同嗎？你的一切歸我們所有，而我們則重新安置你。其實不等他提醒，我就想起來了。我站身來說：謝謝你告訴我這件事，我要回家了。他說：別著急呀，現在還用得著你。你得去把獎領回來，還得出席一個招待會……我說：我哪裡都不想去。那人就拉下臉來說：合同上可有締約雙方保證合作的條款，你想毀約嗎？我當然不想毀約，毀約也拿不回損失的東西，還要白白住監獄。然後我就被帶去洗澡，換上他們給我準備的體面衣服，到英國使館去。有兩個彪形大漢陪我去，路上繼續對我進行教育：怎麼著，哥們兒，不樂意呀？不樂意別犯錯誤哇。我說：我不犯錯誤會落到你們手裡嗎？他們說，也對。你們不犯錯誤，我們也沒生意。但是，「這我們就管不著了」。

作爲一個史學家，我馬上就想到了「這我們就管不著了」像什麼——它像上世紀六十年代林彪說自己是天才的那句話：我的腦袋特別靈，沒辦法，爹媽給的嘛。「這我們就管不著了」和「沒辦法」是一個意思，帶著一種無可奈何的自豪心情，使我氣憤得很。我想找個沒人的地方罵幾句。在汽車裡不能罵，在英國使館更不能罵，那兒的人對「cao」「bi」這類的音節特別敏感，一聽見就回答「fuke you」，比聽見「How do you do」反應還快。我忍了一口氣，在招待會上狼吞虎嚥，打飽嗝，而且偷東西。這後一種行徑以前沒有練習過，但是我發現這並不難，尤其是別人把你當個體面人，不加防備時。我共計偷掉了兩個鍍金打火機、四把刀叉、四盒香菸；還偷了一本書。公司陪我的人只顧聽我在說什麼，一點沒看見這些三隻手的行徑。不幸的是我吃不慣那些cheese，回來大瀉特瀉。我覺得自己賺回來了一點。既然我的一切，包括體面都歸你們所有，那我就去出乖露醜。爲公司跑了這一趟，回來以後得了一個信封，裡面裝了十五塊錢（這是誤工費，公司代表說），還有一通說教。他們說我沒有體面，表現不好。

晚上回家，我告訴F今天發生的事，還告訴她我在招待會上搗了一頓亂，多少撈回了一點。她說我還差的遠，公司從這個布克獎裏得到的不只是五千塊錢。「我的舅舅」得了獎後，肯定比過去暢銷。會出外文本，還能賣電影改編權。所以我該平平氣，往前看，還會有前途。往前看，我只能看到自己是個澆瀝青的小工，所以氣也不能平。她又從另一面來開導我：你不過是得了布克獎，還有得諾貝爾文學獎的呢。這話倒也不錯，從公司的宣傳材料裡我知道，被安置的人裡有諾貝爾文學獎的得主、霍梅尼文學獎得主、海明威小說獎得主，有教皇科學院院士、第三世界科學院院士、撒旦學院院士（這最後一位我還認識，他是研究魔鬼學的），他們大家都犯了錯誤，在公司的安置下獲得了新生。相比之下，我又算得了什麼呢。所以我拿起了一根撬棍，對F說，我出去找找門，找到了回來叫你。我已經說過了罷，我們的房間裡少一扇門。後來我眞的找到一扇很好的門，把它從門框上卸了下來。等到招呼F把它抬回家裡後，我又懶得把它再安到衛生間門框上，因爲我的情緒已經變壞了。我的情緒就像小孩子的臉，說壞就壞，一點控制不住。而且我也不想控制。

5

如前所述，有一個叫作M的男人和一個叫作F的女人，在某年四月底遭到安置，來到一間拆遷區的房子裡。鑒於M就是我本人，用不著多做介紹。F的樣子我也說過一些，她身材細高、四肢纖長、眉清目秀，後來我還看到她乳房不大，臍窩淺陷。除此之外，她在家裡的舉動也很有風度，這就使我想起一位學友的話：所有的F都是演員，或者雇來的模特。

F對我說，你要警惕「重新安置綜合症」。我說：你不嫌繞嘴嗎？她說：那就叫它「安置綜合症」，我還是嫌它太長。最後約定叫做「綜合」，我才滿意了。所謂綜合，是指安置以後的一種心理疾病，表現爲萬念俱灰，情緒悲觀，什麼都懶得幹。各種症狀中最有趣的一條是厭倦話語，喜歡用簡稱。在公司受訓時，聽到過各種例子：有人把「精神文明建設」簡化到了精神，又簡化到了精，最後簡化成「米」；把「社會治安綜合治理總公司」簡化成公，最後又簡化成了「八」；把自己從「重新安置後人員」簡稱爲員，後來又簡稱爲「貝」。所以公司招我們這種人去訓話（這句話未經簡化的原始形態是：「社會治安綜合治理總公司向重新安置人員布置精神文明建設工作」），就成了「八貝米」；由拆字簡化，造成了一種極可怕的黑話。我現在正犯這種毛病。這種毛病的可怕之處在於會導致性行爲的變化，先是性欲減退，然後異性戀男人會變成被動的同性戀者，簡稱「屁」，最後簡稱「比」。我對F說：怕我比？我還不至於。她居然能聽懂，答道：你不比，我在這裡還有意義。你比，我就愛莫能助了。

我承認自己有點綜合，比了沒有，自己都不清楚。心情沮喪是不爭的事實，但我也很累。成天澆瀝清、搬洋灰袋子——第一次把一袋洋灰扛到房頂上時，我自己都有點詫異：原來我還這麼有勁哪——下了班老想往床上躺。說實在的，過去我幹的力氣活都在床上，現在已經在床外出了力，回到它上面自然只想休息。這時F露出肌肉堅實的小腿，從它旁邊走過去，有時我也想在她腿上捏一把，但同時又覺得胳臂太疼了，不能伸出去。她就這樣走進了衛生間，坐在馬桶上。我已經說過，衛生間沒有門，她在門上掛了一塊帘子，故而她坐在馬桶上，我還能看到她的腳，還能看到她把馬桶刷得極白。這時候她對我說：什麼時候把門給咱安上呀。這件事沒有她想像的那麼容易，我得找木匠借刨子，把那個破門刨刨，還得買料吊、買螺絲，甚至應該把它用白漆刷刷；這樣一想，還不必去幹，心裡就很煩的了。但我沒有這樣詳細地回答她，只是簡約地答道：哎。然後她站了起來，提起了裙子，然後水箱轟鳴，她走了出來。儘管是從這樣一個地方、伴隨著這樣一些聲響走出來，F依然風姿綽約。看到她，我就覺得自己不該比。但是我有心無力。

作爲一個史學家，我想到這樣一些事：在古代漢語裡，把一個不比的男人和一個有魅力的女人放在一起時他想幹的事叫作「人道」，簡稱「人」。這說明祖先也有一點綜合。晚上睡在板上，對自己能不能人的問題感到格外關切。F從板邊上走過去，坐在床墊上，我看到她裙子上的油漬沒有了，上衣也變得很平整。她告訴我說：我從四〇八借了熨斗，然後使勁看了我一眼（彷彿要提醒我的注意），把裙子脫了下來，裡面是光潔修長的兩條腿，還有一條白色的絲內褲，裡面隱隱含著黑色。當她伸手到胸前解扣子時，我翻了一個身，面朝牆壁說道：你說過，要買幾件衣服？她說：是呀。我說：買吧。要我陪你去？她說：不用。我說那就好。在她熄燈以前，我始終向牆壁。在我身後，F脫衣就寢，很自然地露出了美好的身體。我有權利看到這個身體，但我不想看。

6

安置一個月後，我們又回公司去聽訓，這是合同規定的。那天早上我對F說：今天回公司，你不去嗎？她說：我們要晚半周。因爲她比我來得晚，這種解釋合情合理。我走到公司的柵欄門外，對傳達室說了我的合同號，裡面遞出一件馬甲來，並且說：記著，還回來。那件馬甲是黑色的，胸前有個紅色的D字。我穿上它走到地下車庫裡，看到大家三五成群散在整個車庫裡，都在說這個月裡發生的事。我想找那位懷疑主義的學兄，但到處都找不到。後來聽說他已經死掉了。人家把他安置在屠宰廠，讓他往傳動帶上趕豬，他卻自己進去了。對於這件事有三種可能的解釋：其一，不小心掉進去的；其二，自己跳進去的；最後，被豬趕進去的。因爲屠宰廠裡面是全自動化的，所以他就被宰掉了，但是他的骨骼和豬還是很不一樣，支解起來的方法也不同，所以終於難倒了一個智能機器人，導致了停工，但這時他已經不大完整——手腳都被卸掉，混到豬蹄子裡了。經大力尋找，找到了一隻手兩隻腳，還有一隻手沒找到。市府已經提醒市民注意：在超級市場買豬蹄時，務必要仔細看貨。還有一個像伙打熬不住，跑去找前妻借錢。前妻報了警，他已經被收押了，聽說要重判。除了他們兩位，大家都平安。到處都在討論什麼工作好，比方說，在婦女俱樂部的桑那浴室裡賣冷飲，每天可以得不少小費，或者看守收費廁所，可以貪汙門票錢；什麼工作壞，比方說，在火車站當計件的裝卸工。我的工作是最壞的一類，所以我對這種談話沒有了興趣，從人群裡走出來，打量時而走過的F們。她們也穿著黑馬甲，但是都相當合身，而且馬甲下面的白襯衣都那樣一塵不染。有時候我站在她要走的路上，她就嫣然一笑，從旁邊繞過去——姿儀萬方。我雖然不是懷疑主義哲學家，但也有點相信那位死在屠場裡的老兄了。後來散會以後，公司留些人個別談話，謝天謝地，其中沒有我。

我從英國使館偷了一本書，它是我自己寫的，書名叫作「我的舅舅」；扉頁上寫著××兄惠存，底下署著我自己的名字。很顯然，它是我那天晚上題寫的幾十本書之一，書主把它放在餐桌或者沙發上，我就把它偷走了。按我現在的經濟能力，的確買不起什麼書，不管它是不是我自己寫的、有沒有六折優待。我回家時，F正平躺在床墊上，手裡拿著那本書。她把視線從書上移開片刻，說道：你回來了。我沒有回答，坐在椅子上脫掉皮鞋，心裡想著，無論如何要弄雙輕便鞋。後來她說：這書很好看。過了片刻又說：很逗。出於某種積習，我順嘴答道：謝謝。她就坐了起來，看看那書的封面，說道：這書原來是你寫的——眞對不起，我看書從來不看書名。這種做法眞是氣派萬千——把世界上所有的書當一本看，而且把所有的作者一筆抹煞。我覺得演員或者時裝模特兒不可能有這麼大的派，對她的疑心也減少了。那天下午上工之前，我就把衛生間的門裝上了。

以上故事又可以簡述如下，F和M被安置在一起，因爲F始終保持了風度，還因爲M有一位懷疑主義的學兄，所以他對她疑慮重重。後來懷疑主義的學兄死掉了，還因爲別的原因，M決定把這些疑慮暫時放到一旁，和她搭夥幹些必要的事。不知道你是否記得，我小時候在自己家的院子裡搭過帳篷，在裡面鼓搗半導體。這種事實說明我在工藝方面有些天賦，除此之外，我這個人從來就不太老實，所以後來我就從建築隊裡偷了油漆、木料，還有建築材料，把那間房子弄得像了點樣子，還做了一張雙人床。這個故事和「魯濱遜飄流記」的某些部分有點雷同，除了那張雙人床。

那張床的事是這樣的：有一天上班我給那位糟蛋師傅上煙時，把整整一盒煙塞到他口袋裡，而且說：我要給自己做張床。他說他不管，但是他看到工地上有一捆木檁條。這捆檁條我早就看到了。然後我給了木匠師傅一盒煙，說了我要做床的事，他說他也不管，就去找別人聊大天。然後我打開一盒煙，散給在場的每一個人，就把那捆檁條拖出來，依次使用電鋸、電刨子、開筍機，把檁條做成床的部件，然後打成捆，塞到角落裡。我幹這件事時，大伙都視而不見。直到幹完，才有人對我說：你好像幹過木匠活。我告訴他小時候幹過，他就說：下回我打家具找你幫忙。天黑以後，我叫F和我一道來工地把那一捆木頭拿了回去，當夜就組裝成床架。我不記得魯濱遜幹過這種事。在此之前，我已經把床墊拆開修好了，F還把破的地方補了補釘。我們把床墊從地上抬起來，放在床板上，就完成了整個造床過程。它是一件很像樣的家具，但很難說清它是我自己造的，還是偷來的。初次睡在上面時，我心花怒放。當你很窮時，用上了偷來的東西，實在是很開心的事。臨睡時，我甚至一時興起，給F解開了脖子下面的兩個扣子。F依舊很矜持，但是臉也有點紅。後來她就在昏暗的燈光下躺在我身旁，身上有一副乳罩和一條內褲，都是粉色的。我也饒有興致地看著她窄窄的溜肩，還有別的地方。F目不斜視，但我看出她在等待我伸手去解開她的內衣。說實在的，我已經伸手準備這樣幹了，但是我又覺得這粉紅色的內衣有點陌生，就順嘴問了一句。她說是她買的。我問什麼時候買的，她說前天。忽然間，我情緒一落千丈，就縮回手去。又過了一會兒，我說：睡吧，就閉上了眼睛。再過了一回，F關上了電燈。我們倆都在黑暗中了。

懷疑主義的學兄說，公司怕我們對合同反悔，就雇了一大批漂亮小姐，假裝待安置人員，用她們來鼓舞我們的士氣。假如此說是成立的，那麼她們的工作就該只是穿上佩有紅色D字的衣服在公司裡走走，不會有一個F來到我家裡。現在既然有一個F睡在我身邊，我應該狐疑盡釋，茅塞頓開，但我還是覺得不對頭——她和我好像根本不是一類東西。在這種情況下，我當然想再聽聽那位學兄的高見，可惜他死掉了。我和F睡在一個床上時，就在想這些問題。後來她說：喂。我說：什麼？她說：你該不是捨不得錢給我買衣服吧。我說：不是。她說：那我就放心了。過了一會兒，她都睡著了，我又把她叫醒，告訴她說：我當然不反對你去買衣服，不過，你那些衣服假如不是買的，而是偷來的，那就更好了。我怎麼會說出這些話來，這些話是什麼意思，我自己都無法解釋。就著窗外的路燈光，我看到F大睜著眼睛在想。忽然她嘿嘿一笑，說道：我明白了。她明白了些什麼，我也是不清楚。

第二章

1

晚上我回家時，床上好像擺了攤，放滿了各種顏色的內衣、口紅、小鏡子。F告訴我說，今天大有斬獲。她現在每天都去逛商場，順手偷些小東西回來，然後就開這種展覽會。我把它們拂開，給自己騰出個地方坐下說：沒給我偷點什麼？她說：有。就遞給我一個紙盒子。不用看就知道裡面是避孕套。她還說：不知道你的號，說著露出想笑的樣子。我把這盒子放到一邊——我不覺得有什麼好笑。於是她把笑容從臉上散去，說：我給你弄飯去，就走開了。我坐在床邊上解鞋帶，嘴裡忽然冒出一句來：你是演員嗎？直到聽到F回答說：不是，我才頓悟到那句問話是從我嘴裡冒出來。然後她從廚房裡跑出來說：你問這個幹嗎？我信口說：沒什麼，我覺得你長得像個演員。她說道：謝謝，就回廚房裡去了。也許你會說，這樣的關係就叫相敬如賓。但我知道不是的。我和她的關係實際上是互相不予深究——我對她那種可疑的演員似的作派不予深究，她對我的性無能也不予深究。假如深究的話，早就過不到一塊兒了。

我對自己也不予深究，假如深究的話，就會問：我幹嘛要寫「我的舅舅」，我幹嘛要買那輛賽車和那所房子？一個答案就在眼前：我總得幹點事吧，寫幾本書、掙點錢、買點東西；然後就冒出個反答案：瞧瞧你幹出的結果！我倒是寫了不少書，掙了不少錢，也買了不少東西，但是都被公司拿去了。這樣自問自答永無休止，既然如此，就不如問都不問。話雖如此說，問話的神經卻不是我能控制的。晚上睡覺的時候，我又問了一句：你真是畫家嗎？F聽到這話時愣住了。

我說過，在公司的地下車庫裡，當所有的M都在討論什麼活兒好、什麼活兒壞時，F們卻穿著合身的馬甲，挺著小巧玲瓏的胸膛走來走去。我曾經攔住了一個，她壓低了聲音說道：對不起，就從我身邊繞過去。說實話，我說不出那個F和眼前這個有何區別；眼前這個F從四〇七走出去，到了公司的地下車庫裡，我也分辨不出來。她們對我來說，每一個都是漂亮的年輕女人，僅此而已。她們和我毫無關係。我不明白的只是：假如她們像我們一樣，都是藝術家、哲學家，何以在我們一個個灰頭土臉時落落大方、絲毫也不感到屈辱呢。F深深地吸了一口氣，說道：我是雞。她臉上泛起一抹紅暈，看了我一眼。我不動聲色。她又說：他們讓我打小報告，我沒打。我長出了一口氣，問道：那你以後準備怎麼樣呢？她說：先這樣吧。

我應該解釋一下和F的對話。F說，她是雞，這就是說，她是那種出沒於大飯店的高級妓女。有一天，她被人逮住了，重新安置到我這裡；但有可能是暫時的，假如她把我的一言一行都匯報上去的話。她還說，她沒有匯報我，假如是眞的，那倒值得感謝。不過世界上的這種話都不可信，而且就是她去匯報，也只能匯報出我小偷小摸，沒有什麼嚴重性。對於她的話，我沒有發現什麼特別不可信的地方，也沒發現什麼特別可信的地方。安置前，假如我遇到了一個「雞」和我睡在一個房間裡，那我一定要刨根問柢，問出她的身世、教育、收入、社會交往。但我現在已經沒有那麼泛的興趣，只是輕描淡寫地說了一聲：是嗎，就結束了問話。在安置前，我沒有打過雞，換言之，我沒有嫖過妓。一般來說，這種情形有兩種解釋：有潔癖，或者特別膽小。我卻既沒有潔癖也不特別膽小，只是怕麻煩。我告訴F這件事，她說：那你一定特別懶。我說：隨你怎麼想，就熄燈睡覺了，但是翻來覆去睡不著，因爲她不是演員，而是雞。後來我伸手把燈又打開，與此同時她翻身起來，坐在燈下，身上穿了一只眞絲的胸罩和眞絲的內褲，都是偷來的。我把手朝她伸去，中途又改變了主意，用目光在她胸前一瞟，然後說：解開吧。她把胸罩解開，我就看到了一對小而精緻的乳房，很好看的，但是像隔著玻璃看一樣。幾年前，我在美國的新奧爾良，就隔著玻璃看到過這樣一對乳房，長在一位脫衣舞女身上，現在的心情和當時一樣。那位舞女下場後，我還和她聊過幾句。她說脫衣舞是一門藝術。後來我伸手到床頭取了一支煙，F也取了一支。放到嘴邊說道：呶。我伸手拿了打火機，伸到她胸前，給她點了煙；然後縮回來給自己點上煙。過了一會兒，她躺了下來，把左臂枕在頭後，露出了短短的腋毛。我對她說：腋毛沒刮。她說：啊。後來又說：過去是刮。又過了一會兒，她伸手到床頭把煙捻熄，側過身子躲開燈光，睡去了。而我則在燈光下又坐了一會兒，才熄燈睡覺——那天晚上的情況就是這樣的。

安置前，我認識很多打過雞的人。他們說，那些女孩子大多是受過很好的教育，有個別人甚至有博士學位。當時我不理解她們爲什麼要做這種事。現在則認爲這種事也不特別壞。就拿我來說吧，有兩個博士學位，也沒有作雞，結果還不是遭了安置。第二天早上，我對F說，假如公司問我的情況，你就告訴他們實話好了。她說：假如人家想聽的不是實話呢？我愣了一陣子，說：那你就順著他們，編一些好了，反正我也沒什麼指望了。她馬上答道：我不。不光你，大家都沒什麼指望。她還說：你這個人太客氣。雖然我能聽出她有一語雙關之處，但我還是簡單地回答道：隨便你啦——我不想再橫生枝節了。

2

F對我說，你總是這樣，會不會出問題？我翻著白眼說，我怎樣了，出什麼問題？她說我太壓抑，我當然明白她的意思，但是不想搭理她。後來她直截了當地問我，最近有沒有手淫過。我說我經常手淫，每天晚上她睡著以後必手淫一次。這是瞎編，但她聽了以後說道：這我倒有點放心了——從理論上說，假如她是雞，男人手淫就是剝奪她掙錢的機會，她該對此深惡痛絕才對，怎麼會放心了呢？

從安置以後，我就性欲全無，心裡正為這事犯嘀咕。所以下了班以後，我就去找小姚阿姨。她住得遠，我是坐公共汽車去的，一路上東張西望，看看有沒有人盯稍——其實我也知道這是瞎操心。公司安置了這麼多人，哪能把每個人都盯住。小姚阿姨見了我就說：小子，你上哪去了？到處找找不著。你怎麼破稀拉撒的了？我說我遭了劫——這也是實話。不管公司有多麼冠冕堂皇的說法，反正我的財產都沒了。小姚阿姨是港澳同胞，人家不會把我的事告訴她。我在她那裡洗了個熱水澡，吃了一頓飯。但是最後那件事卻沒做成。小姚阿姨說，她要給我吹口仙氣，但是吹了仙氣也不成。於是她就說我不老實。其實最近我老實得很。最後沒等到天黑透，我就告辭了，還向她要了一點錢坐出租車。等到回了家，F意味深長地看了我一眼，看得我心底有點發涼。但是她沒有說什麼。

F告訴我說，她在我這裡的時候不會太長了。這是可以理解的，我犯的是思想錯誤，她犯的是自由錯誤，前者的性質比後一種嚴重得多。再說，像她這樣漂亮的女孩給小工當主婦也是一種浪費。照我看，她可以到飯店當引座小姐，或者當個公關小姐——總之，是當小姐。現在當主婦是一種懲罰。所以我對她說：什麼時候要走了，告訴我一聲。她問我爲什麼，我說我要準備點小禮物，或者一道吃個飯。她說她明天就要走，我說今晚上就去吃飯。於是我們倆去了Pizza Hut，在那裡點了兩份 pan pizza 。吃完以後回家，她又告訴我說：明天她不走，是騙我的，說完了吃吃地笑。我說：那也不要緊，什麼時候眞要走了，再告訴我罷。

我和F住在一間房間裡，我是個男人，而且不是僞君子，但我對她秋毫無犯。本來我會繼續秋毫無犯，但是後來我變了主意，在床上和她做起愛來，不止不休，而且還是大天白日的。開頭她還以爲這是個好現象，而且很能欣賞；後來就說：你今天是怎麼了？你不是有病吧。但我還是不休不止，直到她說：歇歇吧，我才停了下來，抽了一支煙。後來我又要幹，她就說：能不能告訴我你怎麼了。我說：不能。事實說明F很有耐性，她翹起雙腿，眼看著天花板，偶爾說一句：你這是抽瘋。然後她說，要去洗一洗，回來以後讓我告訴她，我怎麼了。等她回來以後，我又抓住了她。她說：你得告訴我爲什麼，否則我要喊了。我說：我沒有什麼，挺正常的。她說：你眞是討厭啊！這時天快黑了，屋裡半明半暗的。這一回做著半截愛，她就睡著了。我把這件事做完，回來擁著她躺下。這時她醒了，翻身坐起，說道：你今天抽得是什麼瘋啊？我嘻皮笑臉地說，猜猜看。她想了想說：你吃錯藥了。我說，你樂意這樣理解也成啊，我可是要睡一會了。

那一天是返校日（這一天還有一個稱呼，叫作「八貝米日」，近似黑話），和上一次一樣，我們回去聽訓。那種講話當然是毫無趣味的，一半說他們要幹的事：思想教育的好傳統永遠不能丟，用嚴格的紀律約束人，用艱苦的生活改造人，用純潔的思想灌輸人，等等；另一半是說我們：安置對我們來說，是一種嚴肅的考驗，有的人經得起考驗，就能重新站起來作人；還有一些會墮落——說到墮落時，還特地說道，這不是嚇唬我們。等到散會以後，他們把我留下個別談話。會談什麼，我早就知道，是給我重新安排工作；讓我加入公司的寫作班子——它還有一個名字，叫作XX寫作公司——作一名寫手。這個寫作公司有小說部、劇本部、報告文學部、等等。其中也有不少有名望的人物，得海明威獎、諾貝爾獎的都有，我要不是得了布克獎，人家也不會這麼快地重新安置我。衆所周知，該公司的產品臭不可聞，但是待遇還可以。我的回答也早經過了深思熟慮，我寧可去當男妓也不當寫手——就是這個意思，但是不能這麼說。我可以說：我樂意當小工，但是人家不會信的。也可以說：我樂意再考慮考慮，但是人家會以爲我要拿一把、講價錢，因而勃然大怒。所以我把這些回答推荐給別的和我處境相同的人。我只簡單地說：我不行。他勸說我時，我就答道：一朝經蛇咬，十年怕井繩。這個回答不是比願作男妓好得多嗎？公司的那位訓導員還安慰、勸解了我半天，態度殷勤，就如小姚阿姨對我吹仙氣時一樣。語多必失，他假裝關心我，讓我不要自瀆——「手淫不僅傷身體，還會消磨革命意志」——我馬上想到這話只對F講過。這只是個小證據，眞正的證據是她根本就不像個雞。因此回家以後，我對F就性欲勃發。

後來F也承認自己是公司的人了，那是第二天早上的事。在此之前，她還說過，早上做愛感覺好。感覺好了之後，我們坐在床上，身體正在鬆弛，就是在這種時候腦子管不住舌頭。我問道：你眞的是雞嗎？她就沉下臉來，想了想才說道：誰跟你說了什麼吧？好吧，我是公司調查科的。不過我可是實心實意地要幫助你呀。我趕緊點頭道：我信，我信。說著手就朝她胸前伸去了。

3

公司是一座玻璃外牆的大廈，從某個角度看去，就像不存在的一樣；所以它頂上那紅色的標語牌就像浮在空中一樣。那條標語是個大人物的語錄：「世間一切事物中，人是第一個可寶貴的。」在大廈的腳下，有一圈白色的柵欄，柵欄裡面是停車場，裡面停著我那輛紅色的賽車。車前面放了一塊牌子，上書「一一〇〇〇」；我認爲這個價錢太便宜了，我買時是二二〇〇〇，才開了不到一年嘛。柵欄牆外有個書攤，攤上擺著「我的舅舅」，封面裝潢都是老樣子，並且署的還是我的名字，但是也有一個白底紅字的「D」，並且注明了是「社會治安綜合治理總公司監印」。老闆說，內容和「沒D字」的全一樣，可是看它不犯法，所以書價也就加倍了。但我看到這一切時，心裡想著：反正我也是要死的，等我死了以後，這些東西和我又有什麼關係呢？誰愛拿就給誰拿去好了。我承認，那時我滿腦子是自暴自棄的想法。但聽說F是公司的人之後，我又振作起來了。

我把手伸到F胸前時，她把我的手推開道：你聽我講嘛。於是我就把手縮回去，把食指咬在嘴裡。我必須承認，當時我處於一種恍惚的狀態，這種狀態和與我師妹做愛時大不相同。F告訴我說，她是心理學家——是技術人員（這也沒什麼不對的，假如把人當成機器零件的話）——不介入公司的業務，她只管給人治心理病——她講的這些話，我都聽見了，但沒有往心裡去，一雙色眼上上下下地打量她。憑良心說，我覺得她比我師妹好看多了。

我上次和女人做愛是三個月前的事了。當時我在公司上學習班，收到我師妹的信，讓我去一下。傍晚時我就開車去了，我師妹那裡還是老樣子，白色的花園洋房，只是門前掛了一塊「出售」的牌子。我在她門前按了好久的門鈴，然後看見她瘦了不少，短頭髮有好久沒剪了。然後我的胃囊上就挨了狠狠的一拳，疼得我躬起身來，鼻涕眼淚一齊流。再以後她就往裡面走去，說道：混帳東西！你把我害慘了你！

那時我師妹的家裡大多數家具都沒有了，客廳裡剩了兩個單人沙發，她就坐在其中之一上面，黑著臉不說話。我坐在另一個上面，撫摸著慘遭痛打的胃——幸好我還沒吃晚飯，否則準要吐出來——這時我的臉想必是慘白的。這件事用不著解釋，她肯定是遭我連累了。那間客廳鋪了厚厚的地毯，地毯上面有幾張白紙片。沉默了好久之後，我師妹氣哼哼地說道：明天我就要滾蛋了，你有什麼臨別贈言要說嗎？我確實想說點什麼，比方說，我是混蛋；再比方說，我也要被安置了。但是最後我暫時決定什麼都不說。這樣比較含蓄。

有關我師妹的情形，有必要補充幾句：她是洋人叫做「tomboy」那一類的女孩，而且脾氣古怪。有時候我和她玩，但沒有過性關係。有關我自己的情況也有必要補充幾句，在遭安置，更確切地說，被她打了一拳以前，我最擅長於強辭奪理，後來就什麼都不想說。那一拳也值得形容一下，它著實很重，她好像練過拳擊，或者有空手道的段位。我們在客廳裡枯坐良久，我師妹就站起來上樓梯。上了幾蹬之後，忽然在上面一跺腳，說道：你來呀！我跟她上去，上面原來是她的臥室，有一張床，罩著床罩，我在那裡只能躬著腰，因爲是閣樓。我師妹把衣服都脫掉，拉開床罩爬上床去，躺在上面說：做回愛吧。我要去的地方連男人都沒有了。

我師妹後來去了哪裡，是個很耐猜的問題。除了住監獄，還可能去農場、採石場、再教育營地，現在這樣的地方很多，有公辦的、民辦的、中央辦的、地方辦的，因爲犯事的人不少，用工的地方也多。她不說，我也沒有問。這類地方都大同小異。順便說一句，在安置的前一天，我受了她的啓發，從「Pizza Hut」要了十二張 pizza，這是我最愛吃的東西，每張上面都要了雙份 cheese，加滿了 mushroom、green pepper、bacon，以及一切可加的東西。我拚了老命，只吃下兩張半，後來還吐了。但是不大管用，到現在還想吃 pizza，而且正如我當時預料到的那樣，沒錢去吃了。只有做愛管得特別長，到現在還是毫無興趣。我師妹並不特別漂亮，皮膚黑黑的，只是陰毛、腋毛都特別旺。她氣哼哼地和我做愛，還扯下了我的一綹頭髮。從那時起我開始脫髮。再過一些日子，我就會禿頂了。

現在我經常想：假如和我師妹安置在一起，情況將會是怎樣——也許每天都做愛，也許每周做兩次，或者十天半月一次。不管實際情況是怎樣的，我們彼此會很有興趣。上次幹到中途，我告訴她自己就要遭安置的事。她從鼻子裡哼了一聲：該！等我說到自己的汽車、房子、銀行存款都要歸別人所有時，她就十分的興高采烈了。這種情形說明我們前世有冤、近世有仇，不是無關痛癢。

我師妹對我說：假如不是你小子害我，我就要升副署長了。我想安慰她一下，就說：那有意思嗎？無非是多開幾次會罷了。她說：長一倍的工資！還能坐羅爾斯—羅伊斯。我則說：你想過沒有，你還不到三十歲，當那麼大的官，別人會怎麼說你？她想了想說：那倒是。尤其我是女的，又這麼漂亮。但是過了一會兒，她又一腳把我踹倒，說道：這話從別人嘴裡說出來倒也罷了，從你嘴裡出來，越聽越有氣！你為什麼要犯「影射」？「直露」錯誤還不夠你犯的嗎？

我師妹還告訴我她升官的訣竅：那就是光收別人的禮金，不給人辦事；這樣既不會缺錢花，又不會犯錯誤。不過這個訣竅沒用在我身上，她給我辦了很多事，卻沒要過錢。我總共就買了三瓶人頭馬，一個大蛋糕，而且那個蛋糕還是我自己吃下去了。這也是我一直詫異的問題──「你到底是為什麼呀？」她說：還不是因為有點喜歡你。這話著實使我感動，但是她又說，她還不如去喜歡一隻公狗。如前所述，我常試圖勾引我師妹，但那是想找張護身符。我師妹就是不上鉤，也是因為她知道我想找張護身符。我師妹在不肯和我做愛時，心裡愛我，在和我做愛時，心裡恨我。因為這種愛恨交集的態度，有時候她說：「哪」，把乳房送給我撫摸，有時候翻了臉，就咬我一口。而我的情況是這樣的，如果為了那張護身符，我就不愛我師妹，但我要勾引她。如果不想那張護身符，我就愛我師妹，但又不敢勾引她。這本帳算得我自己都有點糊塗。不管怎麼樣罷，現在我很想和我師妹在一起，這說明我雖然壞，卻天良未泯。但這是不可能的事，人家不會讓男人進女子監獄；而且我師妹再也回不來了，出了監獄也要在大戈壁上住一輩子，將來還會嫁給一個趕駱駝的。希望那個人能對她好一點，最起碼不要打她。我和師妹做愛時，心裡很難堪，背上還起了疹子。這些疹子F也看到過，她說：你這個人眞怪，雀斑長在背上！這說明那些疹子後來在我背上乾枯、變黑，但是再也不會消退了。

4

我和F的事是這麼結束的，她打了我一個大嘴巴，因爲我說：你是公司的人，不幹白不幹。我同意，把「幹」字用在女人身上是很下流的，應該挨個嘴巴。打完以後她就穿上衣服走了。我這樣說，是因爲我完全管不住自己的嘴巴。現在我承認這話說得太過分，尤其對這樣一個還沒有從學校畢業的女孩子；再說，公司又不是她開的。我雖然比她大不了幾歲，卻像個老頭子，學歷史的人都是這樣的；而公司是誰開的，在歷史上也查不出來。它現在是全世界第一大公司，生產各種各樣的產品，經營各種各樣的業務，甚至負責起草政府的白皮書。總而言之，它是個龐然大物，誰也莫奈它何，更別說和它做愛了。但F不是個龐然大物。她長了一對小巧玲瓏的乳房，乳頭像櫻桃一樣。

和F鬧翻了以後，我就一個人過了。在此介紹幾條經驗供將來遇到這種麻煩的人參考：假如你懶得做飯，可以喝生雞蛋，喝四個可以頂一頓飯。假如沒有煙抽，可以在床底下找煙頭，煙頭太乾了就在煙紙上舔一舔。有一件事我不教你就會，當你百無聊賴時，就會坐在桌前，拿起一支筆往紙上寫，也可能是寫日記，也可能是寫詩，但是不管你起初是寫什麼，最後一定會寫小說。不管你有沒有才能，最後一定能寫好——只要你足夠無聊、足夠無奈。最後你還會變成這方面的天才，沒有任何人比得上你——這可能是因爲無聊，也可能是因爲無奈，也可能是因爲喝生雞蛋，也可能是因爲抽乾煙屁。假如鄰居打老婆，吵得你寫不下去，你就喊：打！打！使勁打！打死她！他就會不打了。順便說一句，我用這種方法勸過了架，第二天早上那位出租車司機就站在走廊上，叉手於胸，擋著我的路，看樣子想要尋釁打架。但我笑著朝他伸出手去說：認識一下，我住在四〇七，叫M。那人伸出又粗又黑的右手來握我的手，左手不好意思地去摸鼻子。但這不說明他想和我友好相處。晚上我回來時，他又攔在我路上。我笑了笑說：勞駕讓一讓，他又讓開了。建築隊裡養了一隻貓，原來老往我身上爬，現在也不爬了。有人還對我說：以前沒注意，現在才發現，原來你是三角眼！我瞪了他一眼，他就改口說：我的意思是，你的眼睛很好看！在公共汽車上還有人給我讓座——對於一個三十歲的男人來說，眞是罕見的經歷。這些情況說明我的樣子已經變得很可怕了。

我說過，公司經營著各種業務，但是它最主要的業務是安置人，而且它安置的人確實是太多了，所以在節日遊行時，叫了我們中間的一些人組了一個方陣，走在遊行隊伍後面。我因爲個子高，被選做旗手，打著那面紅底黑字的「D」字旗，走在方陣的前面。走著走著，聽到大喇叭裡傳來了電視廣播員的老公嗓子：「各位觀衆，現在走來的是被安置人員的方陣……社會治安綜合治理是我們國家的基本國策……被安置人員也是……建設的一支積極力量」。聽到這樣的評價，我感到羞愧、難堪，就拚命揮舞旗子，自身也像陀螺一樣轉動。在我身後的方陣裡，傳來了疏疏落落的掌聲。這是我們自己人在給我鼓勁。F走了以後，我覺得寂寞，感情也因而變得脆弱了。

F曾經告訴我說，她是學心理的研究生，正在公司調查科實習、做論文。提起公司派她來作這種奸細的事，她笑著說：「以前在學校裡只有過一個男朋友，我覺得這回倒是個增長見識的機會。」她還告訴我說，她的論文題目是「重新安置綜合徵」。一邊說，一邊還嘻嘻哈哈，說道：「看來你沒有這種病，我虧了。」我當時氣憤得很：第一，這不是好笑的事。第二，我也沒有好心情。唯一使我開心的事是她虧了。所以我還要和她做愛，她說：行了，你做得夠多的了。我就說：反正你是公司的人，不幹白不幹；結果挨了一嘴巴。然後她還哭起來了。所有的人都是這樣的，在沒倒霉之前，興高采烈，很自私。在倒霉以後，灰心喪氣，更自私了。而倒霉就是自尊心受到打擊，有如當頭一棒，別的尚在其次。我就這樣把她氣跑了。開頭我以為她會到公司去告我一狀，讓那裡的人捉我去住監獄，但是等了幾天，沒有人來逮我。這說明我把她看得太壞了。

第三章

1

如前所述，有一個人叫作M，因爲犯思想錯誤被安置了。另外有一個女人叫F，開頭和他安置在一起，後來走掉了。我就是M。有關我被安置的事，可以補充如下：是公司的思想教育研究會首先發現我的書有問題，公司社會部檢舉了我，公司治安部安置了我，公司財務部接收了我的財產，公司出版部拿走了我的版權。我現在由公司訓導部監管，公司的調查科在監視我，而公司的寫作班子準備吸收我加入。公司的每個部門都和我關係緊密，可以說我是爲公司而生，公司是爲我而設。我實在想像不出F爲什麼和公司攪在一起。假設我是個女孩子，長得漂漂亮亮，並且學了臨床心理學，那麼公司對我根本就不存在。假設有一天，因爲某種意外，我和公司有了某種關係，被它安排到一個陰沈不語、時而性無能時而性欲亢進的男人身邊，那將是人生的一個插曲。這種事不發生最好，發生了以後也不太壞，重要的是早點把它忘掉，我絕不會走了以後又回來。我就是這麼替她考慮問題的。

F走掉以後，我開頭打算一個人過，後來又改變了主意，到公司去申請一個伴兒。他們收了我十塊錢的登記費，然後說：給你試試看，你有什麼要求嗎？我說：能做飯、會說話就行。他們說：你收入太低，兩條沒法同時保證；或則給你找個啞巴，不會說話；或則找個低智女人，廢話成堆，但是不會做飯。我聽了大吃一驚，連忙說：那就算了，把登記費退給我吧。那些人忽然哈哈大笑，說道：別怕，還不至於那樣。拿你開個玩笑。我退了一步，瞪了他們一眼，就走開了。他們在我身後說：這小子怎麼那樣看人？看來真得給他找個啞巴。但這時我已經不怕低智女人了，何況只是啞巴。

我現在發現，不論是羞憤、驚恐還是難堪，都只是一瞬間的感覺，過去就好了。由此推導出，就是死亡，也不過是瞬間的驚恐，真正死掉以後，一定還是挺舒服的。這樣想了以後，內心就真正達觀，但表面卻更像凶神惡煞。我現在身邊能夠容下一個女人，哪怕她把我當寵養的耗子那樣研究，只可惜F已經走了。於是我就去登記，然後就有女人到我這裡來了。

我收到一張明信片，上面只有一句話：在電視上看到了你（遊行）。我覺得是F寄來的，雖然那張明信片沒有落款，我又沒有見過F的中文筆跡。這就是一種想法罷了。我還在床墊底下找著了一疊紙片，上面寫著故作深奧的拉丁文，還有幾個希臘字母。假如我還能看懂一點的話，是對我做身體測量時的紀錄。我說過，開始做小工時，我很累，每夜都睡得像死人，所以假如F對我做過這種測量的話，就是那時做的。這說明F做事很認眞。我也有過做事認眞的時候——上大學一年級時，每節課我都做筆記；到二年級時才開始打瞌睡。就是在那時，也有過在手淫之後夜讀「量子力學」的時候——恐怕考試會不及格。這些事說明，這個世界是怎樣的，起初我也不知道。F比我年輕，她當然可以不知道。我說F是「不幹白不幹」是不對的。因爲她不知道，所以就沒有介入其中，她是無辜的。但這也就是一種想法罷了。

現在該說說公司給我介紹的那些伴兒了。有一天傍晚回家，看到屋裡有個女人，年齡比我稍大，膚色黝黑，穿了一些F初來時那樣的破衣服，在我屋裡尋尋逡逡，見我回來就說：你有沒有吃的東西？我餓死了。與此同時，我看到桌上一塊剩了好幾天、老鼠啃過的烙餅沒有了，冰箱裡的東西也一掃而空。我可以假設她在給我打掃衛生，但是地沒有掃。所以我就帶她到樓下的小舖吃炒餅，她一連吃了六份。這個女人眼睛分得很開，眉毛很濃，長得相當好看，只可惜她要不停地吃東西。我懷疑她有甲狀腺功能亢進的毛病，但是她說她沒有這種病，原來一切都正常，只是在安置以後老覺得餓，而且不停地要去衛生間。我等了三天，她一點都沒有好轉，我只好把錢包拿出來給她看：裡面空空如也了。這個女人犯的是思想錯誤，故而非常通情達理。她說：我回公司去，說你這裡沒有東西吃，是我要求回來的。這樣她就幫了我的忙，因爲登記一次只能介紹三個女人。她提出不能和我共同生活，就給我省了三塊三毛三。對於這件事可以做如下補充：這是我在公司裡得罪的那幾個傢伙特意整我，想讓她把我吃窮，但我對這個女人並無意見。她還告訴我說，她們受訓的地點是在公司的樓頂上，不在地下車庫。那裡除了F，也有些M，都是俊男——這說明懷疑主義學兄的猜測是對的。因爲她告訴我這件事，所以第二個到我這裡來的女人見了我說：你怎麼這麼難看哪？我也沒有動肝火，雖然她才眞正難看。

後來我又收到一張明信片，上面寫著：看過了你舅舅的小說。你眞有一個舅舅嗎？這句問話使我很氣憤：我豈止有一個舅舅，而且有一大一小兩個舅舅，大的是小說家，被電梯砸死了。小的是畫家，現在還活著，但我沒怎麼見過。就在收到這張明信片的當天，那個肥婆來到我家裡，說我長得難看。這女人還會寫點朦朧詩，我對詩不很懂，但是我覺得她的詩很糟。這樣的人不像會犯思想錯誤，我懷疑她是自己樂意被安置的。她到我這裡時衣著整齊，聽說就是最冷酷的人對傻婆子也有同情心——但也可能是因爲她的衣服太大，剝下來沒人能穿吧。她還提了手提袋，裡面放了很多的五香瓜子，一面嗑，一面想和我討論美學問題；但是我始終沒說話。後來我接二連三地放響屁，她聽見以後說道：眞粗俗！就奔回公司去了。

有關這位肥婆的事，後來我給F講過。她聽了就跳起來，用手捂著嘴笑，然後說：「現在你一定把我當成了該肥婆之類。」那些明信片果然是她寄來的。她還給我寄過錢，但我沒有收到匯款單。像我這樣的人只能收到明信片，不能收到錢。

我現在和公司的訓導員很熟了，每個返校日都要聊一會兒。他對我說：人家說你是個黃鼠狼——你是成心的罷？一聽就知道他是在說那個肥婆。我告訴他，我不是成心的，但這不是實話。和公司的人不能說實話。那個肥婆果然是自願被安置的，大概是受了浪漫電視劇的毒害。現在她不自願了，想讓公司把原來的身分、財產都還給她。公司的人對她倒是滿同情的，但是還她過去的身分卻不可能：沒有先例。作為一個前史學家，我對這種事倒不驚訝。過去有向黨交心當右派的，有坦白假罪行被判刑的，就是我舅舅，也是寫了血書後才去插隊的。這世界上有些事就是為了讓你幹了以後後悔而設，所以你不管幹了什麼事，都不要後悔。至於在那些浪漫電視劇裡，我們總是住在最好的房子裡，男的英俊、女的漂亮，吃飽以後沒事幹，在各種愛情糾紛裡用眼淚洗臉。假如我肯當寫手，現在就在編這種東西了。公司編這些連續劇，就是想騙人。眾所周知，在我們周圍騙局甚多，所以大多數假話從編出來就沒指望有人信；現在真的騙著了一個，良心倒有點不安。他們準備再努力給她安置幾次，假如不成功，再送她去該去的地方，因為他們不能容忍有人老在公司裡無理取鬧。我看這個肥婆最後免不了要住監獄，因為除了到了那裡，到哪兒她都不滿意；但在這件事的過程中，我看出公司也有一點品行。對我，對那個眼睛分得很開的女人殘忍；對傻呵呵的肥婆則頗有人情味。順便說一句，那個眼睛分得很開的女人是個先鋒派電影導演，做愛時兩腿也分得很開。我覺得跟她很投緣。假如不是怕兩人一起餓死，我一定讓她留下來。

夏天快要過完時，我又收到一張明信片，上面寫著：我找到你舅媽了，她告訴我好多有意思的事。我從這句話裡感到一種不祥氣味。F後來告訴我說，同一張明信片上，她還寫了：「我對你有一種無名的依戀」，但是那句話消失了。我收到的可能是經過加工的明信片，也可能是複製品，是眞是假，F自己也不能辨別。後來公司又給我送來一個眞正的畫家，瘦乾乾的像根竹竿。這傢伙是穿著迷彩服，背著軍用背包來的，當晚就要洗劫樓下的西瓜攤。我說兔子不吃窩邊草，然後她就和我吵起來了。我和她同居一星期就散了夥，因爲實在氣味不投，而且我還想多活些時候。她把我房間裡的一面牆畫成了綠熒熒的風景畫，開頭我想把它塗掉，後來又改變了主意，因爲我已經看慣了。

到了秋天裡，有一天我回家時，房子被掃得乾乾淨淨，F坐在床上說：我回來了，這回是安置回來的。我眞想臭罵一頓，再把她攆出去，但我沒有這麼做。因爲現在她和我一樣，除了此地，無處可去了。

F回來的當晚，我覺得和她無話可說，就趴到她光潔、狹窄的背上了。上一次沒有這樣弄過，但是這樣弄了以後，也沒覺得有什麼新意。後來她對我說：你沒上次硬——這麼說你不介意吧？我也不說介意，也不說不介意，一聲不吭地抽了一陣煙，然後在黑地裡抓起她的衣服扔在她身上，說道：穿上，出去走走。那天晚上出門前的情況就是這樣。在散步時我對她說，我準備到公司裡當個寫手。她聽了以後沈默良久，然後說：你不是因爲我吧。我沒說是，也沒說不是。這是因爲是和不是都不是準確的答案。她還對我說，她覺得我們倆之間有未了的緣份，假如不親眼看到我潦倒而死、或者看見我吃得腦滿腸肥中風而死，緣份就不能盡。我沒有說有，也沒有說沒有。我沒有想這個問題——雖然不能說我對此不關心。我的內心被別的東西占據了。

2

後來F告訴我，她給我寄過很多明信片，除了我收到的那幾張，還有好多。在那些明信片裡，她說了自從被安排到了我這裡作奸細，她就不能對我無動於衷——後來她怎樣了解我的過去，又怎樣愛上了我。假如我收到了，就不會對她的到來感到突然。但是這件事已經不重要了。假如一個女人自己犯了錯誤，我歡迎她和我一起過這種生活——只要還能活。但假如這個錯誤是由我而起的話，我就要負責任，不能對這種狀況聽之任之了。

3

我現在是公司第八創作集體G組的三級創作員，但我每星期只上一天班。用我以前的標準，在這一天裡，我也幾乎什麼都沒幹。這絲毫不奇怪，因爲公司有不計其數的一級、二級、三級創作員，大家只要稍稍動手，就能湊出幾本書、幾篇文章，而且這些書根本就沒人看，只是用來裝點公司的門面。而我們這些創作員的待遇是如此豐厚，以致我都擔心公司會賠本了。

第四章

1

我現在相信，有的男人，比方說，我，因爲太聰明，除了給公司做事，別無活路；還有些女人因爲太漂亮，比方說，F，除了嫁給公司裡的人，也別無出路。得到了這個湯馬斯・哈代式的結論之後，我告訴訓導員，我願意到寫作部去工作。在作出這個決定之前，我曾經做惡夢、出冷汗、臉上無端發紅、健忘、不能控制自己的脾氣，但是決定了以後，一切就都好了。不管你信不信，第一次到第八創作集體去時，走在黑暗的樓道裡，忽然感到這裡很熟悉；我還感到很疲憊，不由自主地要鬆弛下來。這種感覺就像是到家了。

每次我來到公司門口，把工作證遞給傳達室的保安員看了以後，他就要遞給我一個黑馬甲，上面有紅線綴成的D字。這一點提醒我，我還是個「被安置人員」，和公司的官員不同，和在公司裡打工的人也不同。官員們穿著各色西服，打著領帶，可算是衣冠楚楚；而保安員更加衣冠楚楚，穿著金色的制服，就像軍樂團的樂師。女的保安員穿制服裙子，有些人不會穿，把前面開的衩穿到身體的側面，這可以算公司裡一種特別的風景罷。

我在第八創造集體，這是一大間白色的房子，像個大車間，向陽的一面全是玻璃，故而裡面陽光燦爛。也許是太燦爛了，所以大家都戴著茶色眼鏡。上班的第二天，我也去買了一個茶色鏡。這間房子用屏風隔成迷宮似的模樣，我們也是迷宮的一部分。在這個迷宮的上空，有幾架攝像機在天花板上，就像直升飛機上裝的機關槍，不停地對我們掃射。根據它的轉速和角度，我算出假如它發射子彈，可以在每十五分鐘把大家殺死一遍。開頭每次它轉到我這邊，我都微笑、招手。後來感到臉笑疼、手招累了，也就不能堅持了。

G組有七個人，其中有兩個女同事。我們這個組出產短中篇，也就是三萬字左右的東西，而每篇東西都分成四大段。其一，抒情段，大約七千字左右，由風景描寫引入男女主人公，這一段往往是由「旭日東升」這個成語開始的；其二，煽情段，男女主人公開始相互作用，一共有七十二種程式可以借用，「萍水相逢、開始愛情」只是其中一種，也是七千字左右；其三是思辨段，由男女主人公的內心獨白組成；可以借用從尼采到薩特的一切哲學書籍，也是七千字；最後是激情段，有一個劇烈的轉折。開始時愛情破裂、家庭解體、主人公死去。然後，發生轉機，主人公死而復生，破鏡重圓，也就是七八千字罷。每月一篇，登到大型文藝刊物上。到了國慶、建黨紀念日，我們要獻禮，就要在小說裡加入第二抒情段、第二煽情段，就像double burger，double cheese burger一樣，拉到五萬字。什麼時候上級說文藝要普及，面向工農兵，就把思辨段撤去。順便說一句，這種事最對我的胃口。因爲作爲前哲學家執照的持有者，我負責思辨段的二分之一，抒情段的六分之一，煽情段的十二分之一，激情段我就管出出主意，出主意前先吃兩片阿斯匹林，以免身上發冷。只要不寫思辨段，我就基本沒事了。上了一周的班，我覺得比想像的要好過。正如老美說的那樣，「A job is a job」。我沒有理由說它比當肛門科大夫更壞。我現在幹的事，就叫作當了「寫手」。

我坐在辦公桌前寫一段思辨文字時，時常感到一陣寒熱襲來，就情不自禁地在稿紙上寫下一段尖酸刻薄的文字，對主人公、對他所在的環境、對時局、對一切都極盡挖苦之能事。此種情形就如在家裡時感到性欲襲來一樣——簡單地說，我坐不住。在一個我仇恨的地方，板著臉像沒事人一樣，不是我的一貫作風。這段文字到了審稿手裡，他用紅墨水把它們盡數劃去，打回來讓我重寫。他還說：眞叫調皮——可惜你調皮不了多久了。對於這話，我不知道應該怎樣理解。也許應該理解爲威脅。這位審稿是個四十多歲的人，頭髮花白，臉像橘子皮。衆所周知，我們這裡每個人都犯過思想錯誤，所以雖然他說出這樣意味深長的話來，我還是不信他能把我怎麼樣。審稿說：我也不想把你怎麼樣——到時候你自己就老實了。從我出了世，就有人對我說這樣的話。而直到現在，我還沒見過眞章哪。

有一件事，我始終搞不明白，到底是什麼使這些人端坐在這裡寫這樣無趣的東西，並且不停地呷著白開水。我自己喝著最濃的茶，才能避免打瞌睡。但是不管怎麼難熬，每周也就這麼一天嘛。我說過，G組一共有七個人，都在同一個辦公室裡。除了審稿坐在門口，其他人的辦公桌在窗邊放成一排。靠著我坐的是兩位女士，都穿著棕色的套服，戴著茶色眼鏡，一位背朝我坐，有四十來歲。另一位面朝我坐，有三十多歲。我說自己從出世就沒見過眞章，那位三十來歲的就說：在這裡你準會見到眞章，你等著吧——而那位四十來歲的在椅子上挪動一下身體，說：討厭！不准說這個。然後她就高聲朗誦了一段煽情段的文章，表面上是請大家聽聽怎麼樣，其實誰也沒聽。不知道爲什麼，這間房子裡的每一個人都有點臉紅，大概是因爲這段文字實在不怎麼樣。

這間房子裡的每個人都有不尷不尬的毛病，只有我例外。所有的人之間都不互稱名字，用「喂」、「哎」、「嗨」代替。我想大家是因爲在這種地方作事，覺得稱名道姓，有辱祖宗。因此我建議用代號，把年紀大的那位女士叫作「F1」，把年紀小的叫做「F2」。這兩位女士馬上就表示贊成。男人中，審稿排爲M1，其餘順序排列，我是M5。只要不是工間操時間，我們都要挺胸垂著頭寫稿子，那樣子就像折斷了頸骨懸在半空中的死屍。長此以往，我們都要像一些拐杖了。照我看來，這是因爲在辦公室的天花板上裝了一架能轉動的攝像機，而且它沒有閑著，時時在轉。

2

我告訴F說，在公司裡做事，感覺還可以。她說：事情似乎不該這麼好。她聽說公司對我們這些人有一套特別的管理制度，能把大家管得伏伏貼貼的。對於這一點我也有耳聞，並且到第八創作集體的第一天，我就簽了一紙合同，上面規定我必須服從公司的一切規章制度。對於這一點，我不覺得特別可怕，因為作為一個被安置者，我必須服從公司的一切安置制度；作為一個公民，我又必須服從國家的一切制度；更大而化之地說，作為一個人，我還要服從人間的一切制度，所以再多幾條也沒什麼。他們所能做的最壞的事，無非是讓我做我最不想做的事。我已經在做了，感覺沒有什麼。F指出，我所說的在心理學上是一個悖論，作為人，我只知道我最想做的是什麼，不可能知道最不想做的是什麼。從原則上說，我承認她是對的。但是我現在已經不知道自己最想做的是什麼，既然如此，也就沒什麼不想做的事。我認為，作為人我已經失魂落魄，心理學的原則可以作廢了。

我們的辦公室裡有張床，周圍還拉了一圈帘子。那張床是個有輪子的擔架床，加上帘子，就像基督教青年會的寄宿舍一樣。我想它是供午休之用的，有一天中午，我從食堂回來早了，就在上面睡著了——後來我被M1叫醒了，他說：起來，起來！你倒眞積極，現在就躺上去！我坐起來時，看到所有的人都面紅耳赤，好像憋不住笑的樣子。M3朝我撲了過來，把我從床上拉了下來。順便說一句，大家對這張床的態度十分可疑。有人不停地把帘子拉上，彷彿遮上它好；又有人不停地把帘子拉開，彷彿遮上也不好。這件事純屬古怪。但是我認爲，見怪不怪，其怪自敗。我既然當了寫手，一切早都豁出去啦。

有關我當了寫手，有一個正確的比方：一個異性戀男人和同性戀男子上了床。這是因爲我被安置之前做的事就是寫了一本書，而這本書還得了獎，它將是我這輩子能做的最後一件有人味的事。在這種情況下當寫手，無異於受閹割。有一天上班時，我看到我們樓層的保安員桌子上放了一本「我的舅舅」，感覺就像在心窩上被人踹了一腳。保安員的桌子放在樓梯口上，他們穿著金色的制服，經常在桌子後面坐著，偶爾也起來串房間。有一天串到我們屋裡來，在門口和M1說話：你們屋有個新來的？是呀。他不會找麻煩吧？M1稍稍提高了嗓門兒說：誰敢跟你們找麻煩？誰敢呢？這時候他的臉脹得像豬肝一樣。保安員用手按住M1的肩頭說：你不冷靜……老同志了，不要這樣嘛。而M1就沉住了氣說道：每回來了新人，我都是這樣。說到這裡，他們兩個一齊朝我這裡轉過頭來。我端坐在那裡，目不轉睛地看著他們。那時候我覺得自己什麼都不怕。

說到了保安員，必須補充一句，他們中間有女的，而且爲數相當不少；這種情況只有在百貨商場那種需要搜身的地方才有。在我們這裡，她們格外的喜歡串房間。我們層有一個寬臉的小姑娘，長了一臉很可愛的雀斑，操河北唐山一帶口音，老愛往我們房間跑，並且管F1和F2叫大姐。這兩位大姐就這樣和她寒暄：你值班嗎？她答道：是呀，值到月底。聽到這樣的回答，F2的額頭上就爆起了青筋，低下頭去。後來她就到我對面坐下，和我搭訕道：大哥，聽說你會寫書——我也想寫書，你能不能教教我？對這一類的問題我是懶得答覆的，但也不能不搭理人家；所以就說道：你要寫什麼哪？她說：我可寫的事多著哪。就在這時，我聽見有人猛烈地咳嗽起來了，抬頭一看，只見F2一副要中風的樣子，朝門口比著手勢。見了這個手勢，我就站了起來，說道：我要去上廁所——她當然不可能跟著我。等我回來時，那女孩走了。F2說：M5，你不錯。我說：能告訴我這是怎麼回事嗎？她說道：不能。我說不出口。到下星期你就知道了。

我發現G組的同事裡，只有審稿像個眞正的「被安置人員」，換言之，只有他才像會犯思想錯誤的樣子。這是因爲我聽說過他。衆所周知，在我們的社會裡，犯錯誤的人只是極少數，而我正是其中的一個。所以我認爲，像這樣的人就算不認識，也該有個耳聞。而組裡別的人我都沒聽說過。F2也有點像被安置人員，因爲她雖然不聰明，但還算漂亮，有可能犯自由錯誤。其它的人既不聰明也不漂亮，不大可能犯錯誤。我找審稿打聽了一下，他告訴我說，這裡多數人都是走後門進來的。這使我大吃一驚，說道：我以後說話要小心了。但是他搖搖頭說：用不著。不管怎麼進來的，最後都是一樣。他還說，你就在外面當小工也挺好的，進來幹嘛？我則拿同樣的問題問他。於是他嘆口氣說道：現在說這樣的話，一點意義都沒有了。

有關走後門進來，我是這麼理解的：假如只有犯了思想錯誤的人才能進公司來當創作員，那麼就會有些人的著述明明不算犯錯誤，他卻請客送禮托關係，硬要受到檢舉，以便到這裡來——這和我沒被安置時的作爲相反，那時候我總要找我師妹把我錯誤的紀錄消去，帶累得她進了監獄——這是可以理解的，因爲這裡待遇豐厚，並且每周只上一天班。

唐山女孩來串門是廿四號的事，而那個月沒有卅一號。有關卅號，我知道那一天領工資，還知道那天下午重新安置人員放假，這些都是從公司發的手冊上知道的。別的事在廿九號我還一無所知，到了卅號上午，我在門口就被人叫走了，被叫到訓導部裡聽了一上午不著邊際的訓。作爲一個常犯錯誤、常聽訓的人，我一看到訓導員笑瞇瞇、慢條斯理地說話，就懷疑他要詐我交代點什麼，所以我一直在等他轉入正題：「好了，現在談談你的問題吧。」在這以後，他可能會翻了臉，大聲地喝斥我；而在這段時間我應該不動聲色地頂住，等著他來提醒我。但是我空等了一上午，他也沒有轉到正題上，也就是說，他胡扯了整整一上午，總在說我的錯誤是多麼嚴重，而他們現在對我又有多好。中午時，他叫我到小餐廳吃招待飯，我等著他下午繼續胡扯。但是在吃飯時他看了看手表，說道：你回組去吧；連飯都不讓我吃完。只是當我離去時，他在我身後說：今天中午發生的事對你大有好處，希望你能保持謙虛、謹慎、合作。事後我想到，整整一上午他並沒有完全胡扯，只是當你沒有親歷那個事件時，根本就不知他在說什麼。

3

假設你沒有親歷過那個事件，我告訴你訓導員的話，你也猜不出是要幹什麼。所以你就把現在的一段當成考驗你是否比我聰明的謎語來讀罷。訓導員說：知識分子是黨和國家的寶貴財富，任重而道遠。我們需要好好改造思想，但是這將是個痛苦的過程。假如你不幸是個知識分子，這樣的話你一定聽過上千遍了，但你不知所云。這不是你的錯，因爲說話的人並無所指。當它第一千零一次重複時就有所指，可這次你卻忽略了。我也是這樣的。

我回組裡去，那座樓裡沒有一點聲音，樓道裡也沒有人。這使我以爲大家都下班了。但我還是要回組裡去，因爲那天領工資。我認爲他們就算走了，也會在我桌上留條子，告訴我工資的事。但我推開G組的門時，發現所有的人都在位子上坐得直挺挺，好像一個surprise party。然後我就被這種肅穆的氣氛所懾服，悄悄溜回自己位子了。

現在我認爲，把那天中午發生的事比作surprise party，這個比方不壞。那一天，第八創作集體裡有一個秘密，但只對我一個人是秘密。我坐在自己位子上時，周圍靜悄悄的，但有時會聽到一些古怪的聲響，然後有些人躡手躡腳地走掉了，而且假如我沒聽錯的話，這種聲音是越來越近了。我還看到所有的人都面紅耳赤，雖然我沒有照鏡子，但我知道自己也是面紅耳赤。對於要發生的事，我還是一無所知，但我覺得沒有必要再問，只要等著就是了。

在進公司當創作員之後，我受過不少次訓導，但我和往常一樣，左耳進，右耳出。坐在位子上等待時，我又力圖把這些教訓回憶起來。我能想到的只有這樣兩句話：一句是說，公司出錢把我們這些人養起來，是出錢買安定。這就是說，我們這些人，只要不在這裡，就會是不利社會安定的因素。我看不出，像這樣每周只上一天班，怎麼才能把我們安定住。另一句話是：在創作集體裡，他們還要不斷地對我們進行幫助、教育。假如說那些訓導就是幫助、教育，我相信是不能把我安定住的。所以我已經猜出了正確的答案，這個surprise party就是一次幫助教育。這個猜測雖然是正確的，卻失之於籠統了。

後來終於有人走進了我們的隔間，來的是兩個保安員，一個高個的男子，還有一個就是那個唐山女孩。我注意到那個男的手裡拿了一疊大信封；女的手拿一個大廣口瓶，裡面盛了一種透明清澈的液體，還有一大包棉花，腋下夾了兩根教鞭。那個男的低下頭在信封裡找了找，拿出一個遞給Ｍ１。他就把它撕開，離開位子，把裡面的紙片一一分給大家。我也拿到了我那一份，是曲別針別著的兩張紙，一張是工資支票，和合同上簽定的數相比，一分不多，一分不少。另一張是打字機打的紙片，上面有我的姓名，身分證號碼，還有一個簡單的數字：八。然後我抬起頭來，看到那個唐山女孩坐在M1的辦公桌上，廣口瓶的蓋子打開了。她一手拿了那兩根教鞭，另一隻手拿了濕棉花在擦著，瞪著眼睛說道：誰先受幫助呀？還不等回答，她就走到床邊，把帘子一拉，鑽到裡面說：照老規矩，女先男後吧。我們又靜坐了一會兒，聽到唐山女孩說道：快點兒吧！你們後面還有別人哪！再說，早完了早回家呀！於是F1就站了起來，背朝著我，脫下了制服裙子，露出了泡泡紗那種料子的內褲、寬廣的臀部，還有兩條粗壯的腿，撩開帘子鑽進去了。這時F2站起來，脫下外衣，把襯衣的下擺繫在一起，並且也脫下了裙子。她的腿很長，很直，穿著眞絲內褲，褲帶邊還有絹花，這時候她自言自語地說：對，對，早完早回家；與此同時，臉上紅撲撲，青筋也暴出來了。我倒是聽見了那種聲音，但我還不敢相信是眞的。後來窗子拉開，兩位女士鑽了出來，穿上衣服走了。唐山女孩也走了，走之前笑嘻嘻地對大家說：有誰想讓我幫助，可以過來。我覺得那話是對我說的。後來房間裡只剩了我們——M們。大家都坐著不動。終於M1站了起來，自言自語地說：老同志帶個頭吧；走到床邊上脫了褲子躺上去，把紙片遞給保安員，說道，我是五，字打得不清楚。這時我還是不信。直到藤條（也就是我以為是教鞭的那東西）呼嘯著抽到他屁股上，我才信了。

現在讓我來重述這個事件，我認爲F1和F2在這件事裡比較好看，尤其是F2，從窗子裡鑽出來時，眼若秋水，面似桃花；M1最爲難看，他把白夏布的大褲衩脫到膝蓋上，露出了半勃起的陰莖——那東西黑不溜秋，像個車軸，然後又哼哼個不停。然後就順序進行，從M2到M3，到M4，直到M5。我絲毫也不記得自己是怎麼躺上了那張床，但是我屁股上現在冷颼颼的，彷彿塗上去的酒精還沒有完全揮發。還有八道疼痛，道道分明。我正在街上遊蕩，天已經很晚了。我應該活下去，但是這個決心很難下。但是假如我下定了這個決心，那麼我作爲一個知識分子，就算是改造好了。萬事開頭難，第一回羞愧、疼痛，但是後來沒准會喜歡——只要不在生人面前。我應該回家，但是這個決心很難下。假如家裡沒有F就好了。但是假如我下定了這個決心，我作爲一個男人，也算是改造好了。執鞭的保安員輕描淡寫地安慰我說：你不要緊張，不過就是打兩下，沒什麼。假如眞的沒什麼，何必要打呢。

我的故事就要結束了。你現在當然知道，那天晚上我還是回了家。我現在和F住在一起，她完全知道這件事，並且能夠理解，用她的話來說，你別無選擇，所以只好這樣生活了。我現在多少適應了這種生活，和周圍的人也熟了。假如沒有新來的人，每月這一關也不太難過。就像一個傷口已經結了疤，假如沒有新東西落進去，也就不會疼痛了。這件事使我們眞正犯錯誤的人最爲痛苦，而那些走後門進來的除了感覺有點害臊，不覺得有什麼。我還知道一件事，那就是我再沒有精力、也不想再犯思想錯誤了。

現在我總選擇那個唐山小姑娘對我進行「幫助」，這件事多少帶一點調情的味道，但是她要些小費，因爲她該只「幫助」女士，所以這是額外工作。她對此熱情很高，除了能掙錢，她還覺得打男人是種享受。這個時候，她一面塗酒精，一面還要聊上幾句——「這個月是六，你知道爲什麼嗎？」「這是因爲我在辦公室裡說笑啊。」「你以後別說笑了，太太見了多難過呀。」「能輕一點嗎？還要開車回家呢，坐在傷口上受不了，多多拜託了。」「輕可不成，我負不起責任。我打你屁股的上半部，不影響你開車。你別忘了教我寫書——開始了啊」。

如前所述，我在寫「我的舅舅」時，是個歷史學家。那時候我認爲，史學家的身分是個護身符。現在我知道了，這世界上沒有什麼是我的護身符。假如你很年輕，並且自以爲有天才的話，一定以爲這些很可怕。但是在經歷了這一切之後，我的結論是，當一切都「開始了」以後，這世界上再沒有什麼可怕的事。我現在只是有點怕死。等死了以後就不怕了。

我現在又回到原來的生活裡了，我得回了失去的姓名、執照、賽車、信用卡，得回了原來的住房——這間房子和原來那間一模一樣，但不是原來的那間，那間被別人買走了，只好另買一所一模一樣的。而且我又開始發胖。我甚至還能像以前那樣寫書，寫「我的舅舅」那樣的書，甚至更直露的書，只要不拿出去發表。但是我根本就不想再寫這樣的書，我甚至完全懶得寫任何書了——其實我落到現在這種地步，還不是爲了想寫幾本書嘛。我還有了一位非常漂亮的太太，我很愛她。但她對我毫無用處。我很可能已經「比」掉了。

聯副文叢9

未來世界

2023年2月二版 定價：250元

著者 王小波
文叢主編 瘂弦
執行編輯 黃秀慧
吳興文
美術監督 林崇漢

出版者 聯經出版事業股份有限公司
地址 新北市汐止區大同路一段369號1樓
叢書主編電話 (02)86925588轉5305
台北聯經書房 台北市新生南路三段94號
電話 (02)23620308
郵政劃撥帳戶第0100559-3號
郵撥電話 (02)23620308
印刷者 世和印製企業有限公司
總經銷 聯合發行股份有限公司
發行所 新北市新店區寶橋路235巷6弄6號2F
電話 (02)29178022

副總編輯 陳逸華
總編輯 涂豐恩
總經理 陳芝宇
社長 羅國俊
發行人 林載爵

行政院新聞局出版事業登記證局版臺業字第0130號

本書如有缺頁，破損，倒裝請寄回台北聯經書房更換。 ISBN 978-957-08-6739-8 (平裝)
聯經網址 http://www.linkingbooks.com.tw
電子信箱 e-mail:linking@udngroup.com

國家圖書館出版品預行編目資料

未來世界 / 王小波著．二版．新北市．聯經．2023.02
144面．14.8×21公分．(聯副文叢；9)
ISBN　978-957-08-6739-8（平裝）
[2023年2月二版]

857.7　　111022212